U0063275

到美麗島

【沖繩、臺灣　我的家族物語】

與那原 惠

Yonahara Kei　辛如意 譯

目次

到美麗島

【沖繩、臺灣 我的家族物語】

第一章

朝保與夏子的東京

南風原朝保與里里。攝於臺北。大正八年。

為了里里

已是三十多年前的事了，記憶中的那片天色卻永難抹去。一九七一年三月四日那天，冷風狠狠地颳著，似乎想使勁擋住腳步漸近的春天，執意要將世上一切的一切席捲而去。從教室望向窗外，花苞微露的林樹在冷風擺弄下無助地搖晃，背景是一片清冷空寂，讓人顫抖的藍天。

我正在小學教室裡聽課，辦事員進來與老師交頭接耳一番，我馬上會意了。醫院的通知來了，家母即將不久於世。

母親住院的地點，是離我們東京椎名町住家很遠的郊外。她原有心臟病，加上患有肺結核，四十多歲之後幾乎都在病房度過，偶爾返家而已。就在一週前，她咳血不止，讓救護車送往醫院。

我趕往那間木造的老舊醫院，窗框喀答喀答直響。醫院候客室的報紙，刊登著火車在某地方出軌的大新聞，陰黑的標題就像把我一頭覆蓋住似的魔魘。

母親已陷入彌留狀態，但是，面對死亡之扉的召喚，她屢屢猶豫著，卻步著，時而微微張眼，喃喃兩三語：「喪儀的費用籌措妥當了。」「大家可以吃飯了嗎？」

母親嚥下最後一口氣時，已過翌晨八點鐘。比我年長九歲的姊姊聽見母親最後一句呢喃：

「神啊，為什麼祢要如此折磨我呢？」

據說這就是篤信基督教的母親留下的最後遺言，不像是性格溫穩的她會說出口的，含著無限憾恨的言語。母親那年五十三歲，排行最小的我當時才十二歲，我想，對這樣的永久分離感到最無奈，最無法釋懷的，應該就是母親自己。雙目緊閉的那張面容，黝黑大眼雖然在長年病苦下落得雙眶凹陷，鼻樑卻依然挺直，唇型優美，細軟的烏髮依舊如昔。

葬禮在教會舉行。讚美歌聲送行下，母親躺在鋪滿鮮花的棺木中，終於獲得了解脫。

她是個蠻特別的母親，不只是生病的緣故，其實她從來就沒有為人母該有的樣子。不會燒菜、不會打掃，洗衣服也做不來，倒是很擅長不用偏勞筋骨的編蕾絲和手工藝，會給我作衣裳，只不過設計新穎奇特頗惹人注意，讓我感到很不好意思。她幾乎不做家事，身體狀況不錯時會打開風琴彈些讚美歌，有時翻開素描本畫水彩。

家父在東京都廳擔任公務員，養育五個孩子，生活十分清苦，家母缺乏打理家計的才能，又喜歡送人禮物，沒把借錢當回事，暗地裡積欠的債務，讓父親傷透了腦筋。我家日日粗茶淡飯，母親在玄關和餐桌擺置的花飾卻從來沒間斷過。

我們住的椎名町這個地點，戰後湧來各地流離失所之人，蓋了好幾棟簡陋的長屋（舊式的連棟屋宅）。我家是雙併式的，有個鄰居老伯來自朝鮮，只知日文名字發音是「カワモト」（Kawamoto川本），光棍一條，不知何故繼續留在日本生活。大概是戰爭或年輕時在工廠勞動，失去好幾根手指。川本先生是「北」（北朝鮮）出身，附近另一戶也是朝鮮人家，他們來自「南」，雙方相處得水火不容。

川本先生無親無故，倒是常來我家託母親代筆寫信，家母也欣然應允。究竟是捎給北朝鮮或日本的舊識，那就不得而知了。矮小的川本先生在我家玄關口木階上輕輕咚地坐倒，講著生澀的日語讓母親寫下。還記得他每說一件事，就凝望遠方陷入沉思般的神情。

川本先生來訪時，一定帶點心來，說：「這些給小姐吃。」大袋子裡裝著仙貝和餅乾，用韓文報紙裹起來。信寫妥後，他瞧瞧玄關花飾，笑說：「您們家真好，總有鮮花。」便起身輕輕拉上玄關門返家去了。

川本先生住的獨房只有一坪半，當我和兄姊們起爭執，揚言要「離家出走」，有時就去他家，一直待到深夜。他分給我只放甘藍菜的味噌湯，說：「媽媽會傷心，喝完回家吧。」那表情彷彿真要流下淚似的。

母親去世時，川本先生深夜趕來，拿著託人家寫上「奠儀」兩字的紙袋，裡面有張發皺的五百圓日幣。這是生活拮据的川本先生盡的最大心意，我們全家錐心般的一陣辛酸。家母縱然沒有恪盡母職，還是如此受人關愛。

我與母親相處時日不多，正因為如此，她說過的話至今仍清晰留在我記憶中。母親臥床時日已久，身子好些時就找我當傾訴對象，經常回顧前半生的青春。她應該很清楚自己來日無多，而我卻毫不知情，只是陪著她聽故事而已。

母親的聲調優美，故事編排得巧妙有趣，令人百聽不厭，這些內容都與椎名町的貧苦現實生活隔得好遙遠。多年以後，我才發現她講的老故事，其實傳達了從日本近代開始直到大戰時期的時代剖面。

母親翻開幾冊舊相簿，輕輕觸著照片說給我聽。照片中最古老的，甚至是拍攝於九十多年前。

家母於大正六年（一九一七）出生於沖繩那霸市。當時的「沖繩」遠不如今日便捷，可說偏遠得令人難以想像。那種距離感，不僅僅是必須渡過漫長航程才能與日本聯繫而已，就在母親出生之前四十年，沖繩尚未受日本統治，仍然是「琉球王國」的時代。我常在母親身畔聽她敘述的昔日沖繩，卻在我幼時已成為戰後受美軍統治，必須持有護照才能返回的故里。

雙親時而低聲窣窣交談的古沖繩語，在我聽來簡直是不知所云的外國話。他們恐怕是商量金錢問題，不便讓孩子們知道。每當聽見父母講著溫軟的沖繩話，就覺得他們的故鄉好遙遠。

母親所講的故事處處充滿著驚奇：

「當我出生時，我的爸爸、就是你們的外公，是在俄羅斯喔，據說那一年發生俄國革命。我還聽說你外公從俄羅斯寄信來說，若是生下女兒，就取他最喜歡的百合花 Lily 作為名字。」

母親婚前的舊姓是「南風原」，名字就依照外祖父的願望取為「里里」。

外祖父是在我出生前一年，昭和三十二年（一九五七）離開人世。

——外公以前在俄羅斯住過？

「是的，就是呀。聽說是好冷好冷的地方。妳看，這是外公以前在那裡拍的照片。」

相簿中，是外祖父南風原朝保年輕時在俄羅斯拍攝的相片，有一張背景是一棟白漆三角屋頂的木屋，有俄國風格的飾窗。屋前的朝保穿戴大衣毛帽，與幾位俄羅斯人站在一起。另外還有好幾張在當地照相館拍攝的照片，朝保深陷椅中用手支著頭，流露一抹含憂神情，這或許是當時最流行的姿勢吧。

即使從東京到俄羅斯也是千里迢迢，為何沖繩人會去遙遠的北國？這點令我十分不解。

——那麼，我們的外婆又是什麼樣的人呢？

「你們的外婆、也就是我的母親，聽說是一位舞臺演員，她在我兩歲時就去世了。我對母親根本沒有印象，不清楚她是什麼樣子。這裡有她的照片呢。」

女子的相片背面寫著「夏子」。額髮高高梳起大正時期髮髻，容姿端麗的夏子，悠然穿著一襲直紋和服，身形纖細，擁有一雙大眼睛，黑白分明的瞳孔，令人感到一股堅強意志。

另一方面，家母出生後在沖繩住到兩歲，此後直到結婚為止，她一直過著「不斷往來於臺灣和沖繩」的生活。

對我來說，臺灣這片土地帶著一種神祕韻響。

——臺灣是什麼樣的地方呢？

「那裡的街道好寬好大。有好多磚房子，路是那麼寬敞，連東京都比不上喔。氣候倒是很炎熱，不過有一種叫蒲葵的椰子樹會沙沙搖晃，感覺很舒服呢。」

母親在相簿中的留影幾乎全在臺北拍攝。比方說，坐在臺北某公園長椅上的里里，與朝保在家裡拍攝的父女合影，五歲時在照相館的盛裝打扮，女學校的教室景象，穿著女學生水手服與朋友一起笑著，在海水浴場穿泳裝、舒展雙足的夏日景象，在校園前作畫的模樣，登臺演出的情景，還有在放送局麥克風前與一群廣播員合影。一張張青春的姿影，都是從如今臥病在床的里里身上感受不到的活潑氣息。這些照片中沒有臺灣人，一起合照的全是日本人，背景建築物全部是殖民時期的日本屋舍。我訝異問道：

——臺灣不是外國嗎？

「當時臺灣是日本殖民地，有好多日本人住在那裡，大家過著富裕生活，也認為是理所當然的，就像是夢幻街道一樣。對呀，還有好多沖繩人，不過感覺上日本人跟沖繩人有點不同調。」

里里不斷跟我提起臺灣生活，她想藉著回憶昔日的優渥生活，來忘卻現實的貧苦。里里幾乎很少意識到「殖民地」這個字詞的沉重，「臺灣」對她而言，只是留下少女時期愉快回憶的地方。

里里的丈夫，我的父親，與那原良規出身於沖繩的古都首里。里里在十幾歲時與良規相識，良規原本想循習舊規在沖繩度過一生，卻因里里先去了東京，為了順應她的要求，最後也決定前往東京。兩人於昭和十六年（一九四一）在新橋某家餐廳舉行婚禮，當時母親是二十四歲。良規在東京展開新生活，不久卻打算返鄉，但是沖繩在此時遭受慘烈的戰火波及，戰後淪為美軍統治，以致我的雙親長達二十多年無法歸鄉。子女出生後，我們一家就在東京的偏遠區域展開生活。

母親訴說的故事令我無從想像。沖繩、俄羅斯、臺灣。光想到這些遙遠彼方發生的陳年往事，竟能將外祖父、外祖母、母親與我聯繫起來，就令人雀躍不已。

母親提到臺灣這塊土地時特別懷念，我也被它深深吸引，那些「夢幻街道」，還有居住當地的「沖繩籍」外祖父和母親。我開始想認識里里生活的年代，總是十分掛念她相簿中每一張照片：在俄羅斯的外祖父、據說是舞臺演員的外祖母、臺灣的各式風景和母親逗留過的地方。

這些照片究竟意味著什麼？我逐漸發現，母親居住的臺灣，不僅蘊宿一段青春記憶，還能從昔日的居民百態，見證日本近代發展的歷程。

我打算將來一定要去臺灣旅行。母親屢次對幼小的我傾訴回憶，彷彿她有預感，相信這些話會深深刻畫於么女的內心，有朝一日我會去臺灣，這就是母親的心願。

為何原本住在沖繩的外祖父和母親，會到殖民時期的臺灣生活？首先我決定追尋外祖父的足跡，從他出生直到南渡臺灣為止。

沖繩溯源

若要說起這段原委，就必須先從外祖父出生的二十年前，也就是琉球王國瓦解的那一刻開始說起。琉球王國維持四百五十年，王國消失之際，其實與臺灣所發生的事情有密切關聯。那是一段對臺灣、沖繩皆屬意外的「歷史開端」。

據說琉球王國大約創建於十二世紀，在此之前，沖繩歷史又是如何發展？

沖繩所發現最早的人骨「山下洞人」，據推測大約是三萬兩千年前，生活軌跡可追溯至舊石器時代，並有繩文土器出土。在此時期，沖繩島與日本本土擁有共同的史前文化，但從繩文時代[1]後期至彌生時代[2]，兩地的土器文化則呈現不同風格。

此時沖繩還沒有統一的政權和文化，離島八重山島和宮古島出土的土器及石器，與東南亞、南太平洋的文化發展十分近似，卻沒有發現繩文或彌生土器。沖繩與「南方」究竟

---

1 距今約一萬兩千年前至西元前十世紀，在日本群島發展土器和弓矢等原始生活文化的時期。
2 繼繩文時代之後，發展時期約自西元前四、五世紀至西元六、七世紀，是日本最初以農耕為基礎發展文化的時期。

有何關聯？至今仍是未解之謎，唯有從出土器物來研判，島民是過著採集魚貝的悠然生活。

「リュウキュウ」（Ryukyu）這個名稱，在西元六三六年的中國史書《隋書》中寫成「流求」，書中詳細記述當地風俗習慣，而「流求」究竟是指沖繩或臺灣，至今依然難有定論。

所謂「リュウキュウ」是指何意？根據沖繩史書《中山世鑑》[3]記載，這個名稱分別是從流虬、流求、瑠求、琉球演變而來。流虬的虬是一種想像生物，意思是水靈。根據書中記載，從遠方眺望リュウキュウ「猶如虬浮水中」，船舶航行於東海滄浪間所望見的沖繩群島呈現如此樣貌，故而得名。

「オキナワ」（Okinawa）則是指沖繩島，歷史上最早見於西元七七九年《唐・大和尚東征傳》[4]裡的「阿兒奈波島」，據傳十七世紀才寫為「沖繩」二字。關於「オキナワ」的語源，有沖漁場（發音為okinaba）等各種論調，仍尚未有定論。

十二世紀之後，包括沖繩島、離島、奄美等島嶼在內形成整體文化圈，沖繩社會進入有「グスク（Gusuku）時代」之稱的變革期。

所謂「グスク」是指祈神聖域或城壁之意，此時在沖繩各處出現地方首長，形成小規模政治集團，首長們各據グスク（城），彼此對立。グスク時期的形成因素據說是受到中、日等國的外來文化影響。在此時期，中、日貿易船在東海活動頻繁，沖繩亦大量引進兩國的陶器和土器。

約在同一時期，沖繩正式進行農耕栽種，島民開始開拓水田，土地利用方式明顯改變，鐵器文化也積極發展。海外世界向這座汪洋小嶼的居民傳遞新文化和訊息，沖繩社會在劇烈衝擊下產生鉅變。

十四世紀之後，首長擁有強權，形成沖繩島三大勢力範圍的「三山」（南山、中山、北山），彼此為爭奪土地引發紛爭，最終全島統一，琉球王國於焉誕生。這段歷史背景，其實與中國的政權遞嬗有深切關係。

中國自漢代以來即有「冊封體制」，周邊各國奉中國為宗主國，以此制度與中國維持國交關係。冊封體制裡的周邊國家向中國皇帝表示臣服的外交行為，稱為「入貢」，這些臣屬國向宗主國中國納貢則稱為「進貢」。進貢雖為禮儀表現，實質上是象徵著獲得中國

3 琉球王國最初的史書，向象賢於一六五〇年奉王命編撰的歷朝史要。
4 淡海三船於西元七七九年撰寫，記述大唐鑑真和尚不畏阻難，歷經六回方得以東渡日本的艱苦傳法事蹟。

的貿易許可。

一三六八年，蒙古人長期統治中國的「元朝」政權覆滅後，漢人重建漢室「明朝」，明太祖朱元璋向朝鮮、爪哇、巨港、蘇門答臘、麻六甲、安南（越南）等國昭示新朝成立，促請諸國來朝入貢。一三七二年中國使者入沖繩，促請「三山」之一的中山王察度（一三二一—一三九六）進貢。中國為何要將小島琉球納入冊封體制？一說是為了取得琉球馬和硫磺，明朝初年尚處於蒙古勢力南侵的危機之下，必須確保火藥原料硫磺和運送物資的軍馬。另一項目的就是明朝深受「倭寇」困擾，若能在琉球建立貿易市場，便可削減倭寇勢力。

以中山王的立場來看，與明朝締結國交能擁有比南山及北山更強的優勢，貿易的莫大利益也很有吸引力。此後琉球陷入三山彼此對立和抗爭，中山王於一四二九年建立統一王朝，單一國家琉球王國於焉誕生。

琉球的進貢次數高達一百七十一次，是冊封體制下亞洲諸國中進貢次數最多的國家。其次是安南，總共八十九次，與琉球仍有明顯差距。琉球將朝貢視為舉國事業，積極展開交易以確保從東亞跨足東南亞的宏遠貿易路徑。

琉球國王薨逝之際，必須將消息秉呈中國皇帝，每次必有中國「冊封使」持著皇帝敕准琉球新王繼位的詔書前來，冊封使一行每回人數高達五百名，停留期間長達四至八個月。

冊封使停留期間，除了舉行儀式之外，尚有各式筵宴助興，優美的琉球文化得以流傳至今，皆因藉由這些筵席昇華而來。琉球王國尤其致力於推展傳統藝能，在首里城表演的御冠船舞就是其中之一。所謂御冠船，就是冊封使一行乘坐的船舶。對琉球王國而言，傳統藝術表演就是將本國高度文化水準向宗主國展示的一種「外交手段」。

十六世紀中葉，琉球陷入「日琉關係」的紛擾中，當時正值織田信長、豐臣秀吉、德川家康等武將執掌日本政權，至今維持友好關係的鄰國「薩摩藩」開始對琉球肆意索求。

豐臣秀吉於一五九二年出兵朝鮮之際，曾要求琉球王國提供軍糧和分擔軍費，卻遭到拒絕。秀吉因出兵朝鮮與中國交惡，德川家康遂要求琉球政府居中斡旋，琉球政府卻無意順從。

一六〇九年，薩摩藩的島津氏奉家康之命，以「琉球狂悖久矣，應以匡之」為由，遣兵三千入侵。欠缺對外作戰經驗的琉球王國輕易遭到擊潰，最後被薩摩軍征服。

薩摩藩出兵琉球的原因，應該是覬覦琉球與中國、亞洲各國之間豐厚的貿易利潤，進而掠奪中國物產和琉球生產的砂糖等物資，藉以充盈藩國經濟。

薩摩藩入侵後，琉球王國喪失自主權，除了每年必須履行向薩摩政府繳稅的義務之外，並允許薩摩藩在朝廷內代替琉球發言，進而被迫割讓領地，奄美五島皆納入薩摩藩直接統轄（奄美大島、喜界島、德之島、沖永良部島、與論島）。

薩摩藩隸屬德川幕藩體制之下，並非獨自統轄琉球。琉球亦非僅歸屬薩摩藩，而是由將軍統管，幕府只將薩摩藩視為琉球的「管理監護者」。

薩摩藩入侵之後，琉球政府必須義務派遣使節團（約一百名）前往江戶，參與慶賀德川將軍世襲儀式，這十八次出使行動稱為「上江戶（江戶上り）」。當時琉球使節團穿著異國風的唐裝，試圖以這種表示「異國」身分的外交戰略，來向日本表明琉球與明朝將繼續維持交易關係，是從屬於明朝的「朝貢國」。家父的先祖也曾是上江戶的使節之一。

由於琉球並未徹底從屬於薩摩（幕府）統治，琉球王府與中國之間仍維持冊封體制，中國也實際上可以過問琉球國政，薩摩藩無法徹底掌控琉球。身處中日兩國之間的琉球處境極為複雜，卻能繼續維持本國的主體性，這或許是琉球以廣大亞洲海域為舞臺發展貿易，才能擁有如此特殊的外交技術。

琉球王國開始面臨瓦解之際，正值明治時代揭開序幕。在明治政府政策之下，琉球被強制併入近代日本國家之中。

這一連串過程稱為「琉球處分」，「處分」這個用語蘊含著單方強制之意，令沖繩人至今依然感受切身之痛。琉球並非自願併入「日本」，而是由日本這個外來政權強迫獨立王國琉球的命運丕變，這項事實對沖繩人的精神結構影響甚鉅。

明治元年（一八六八），明治政府掌握政權後，隨即表態合併琉球。日本演變為近代國家之際，明治政府早已迅速察覺琉球在地理環境上具備的軍事價值。

明治五年（一八七二），明治政府透過鹿兒島縣首次促請琉球入朝（來朝晉見），琉球王府接受命令遣使參朝，明治政府下詔要求琉球併入日本版圖並設置琉球藩，封琉球王尚泰（一八四三―一九〇一）為藩王，這是兼有貴族爵位的華族身分。

日本國內已廢藩置縣，對琉球卻採取階段性實施政策，這種施政背景是顧慮到昔日中、琉關係密切，但也必須與其他府縣同樣依循廢藩置縣的步驟改革。

設置琉球藩的前一年，臺灣發生一起重大事件。宮古島民於明治四年（一八七一）前往琉球王府進貢結束後，在返航途中漂流到臺灣東南部，船上五十四名島民卻慘遭臺灣原住民殺害，稱為「牡丹社事件」。倖存的十二人在事件發生七個月後的明治五年六月返回那霸。

明治政府對於處理琉球歸屬問題一向感到棘手，便積極介入此事件，以「保護日本人

（琉球島民）」為藉口，著手準備出兵臺灣。然而宮古島的倖存者早已歸鄉，日本介入此事件無非是假借名目而已。明治政府急於將琉球設藩、併入日本，才是出兵臺灣的真正動機。

政府任命西鄉隆盛[5]之弟西鄉從道（一八四三—一九〇二）為臺灣蕃地事務都督，目的在於向英、美等國表明對臺出兵的警訊。牡丹社事件發生三年後的明治七年（一八七四），西鄉從道率兵三千六百名強行攻臺。

日軍侵攻時面臨臺灣原住民激烈抵抗，進而罹患瘧疾等傳染病而減損兵力，戰歿及病死者多達五百人。同年中、日兩國簽訂《北京議定書》（中日北京專約），日本向清廷索求五十萬兩賠償金，日軍自臺灣撤兵。這項議定書中記錄著琉球人民為「日本國屬民」，中、日雙方承認琉球歸屬日本版圖。

如此行徑絲毫沒有考慮琉球人的意願，更嚴格來說，牡丹社事件發生當時，琉球並非隸屬於日本。但依照這項議定書，明治政府提出「琉球為日本領土」的要求終於被合理化，亦成為琉球處分的決定關鍵。

明治政府確立處分方針之後，對琉球提出以下要求：

一、禁止對大清入貢。
二、廢止過去採用的中國曆制，改用日本曆的明治年號。
三、藩王（末代琉球國王尚泰）入京。

琉球政府抗拒以上要求，明治政府隨即出動武警和軍隊鎮壓，終於在明治十二年（一八七九）發布廢藩置縣，琉球自此成為「沖繩縣」。尚泰拱手出讓榮華繁盛的首里城，前往東京，琉球王國此刻終於瓦解。在近代的動盪之中，沖繩被迫面臨更熾烈的苦難。

追逐夢想的青年

里里的父親、也就是我的外祖父南風原朝保，生於沖繩那霸，當時是明治二十六年（一八九三）。南風原家原籍是那霸松山，發祥地則是沖繩島中部的勝連，南風原這個士族

5 西鄉隆盛（一八二八—一八七七），薩摩藩武士，為倒幕及支持明治政府的核心人物，後因反對新政府而發起西南戰爭，最終戰敗自盡。

以琉球王族尚王為始祖，流著尚氏血脈。昔日為了與王族「尚」氏區別才改為「向」氏，這個姓氏在沖繩極為普遍，其實與王族尚氏沒有顯著關聯。南風原家在琉球王府內並未留下記錄，應是屬於一般士族。

昔日琉球士族中有部分高層族系者，到了明治時期以後仍在沖繩縣廳擔任要員，南風原家並未享有這種特權，據說朝保出生時，已過著典型沒落士族的生活。

朝保之父朝佐曾是貨船球陽丸的船員，由此可知南風原家為一般士族。據說朝佐喜歡取身邊之物拼拼湊湊製成工具，不僅是發明狂，更是嗜酒如命，不難想見他在南風原家族中是極富個性之人。

朝保有一位相差十一歲的胞弟朝光，日後邁向畫家之途。兩兄弟的父親朝佐總是在外不歸，全靠著母親阿都做豆腐扶養長大，生活並不寬裕。阿都出身於首里名門士族的屋我家，日後成為吟詠沖繩特有的短詩「琉歌」的名人，深具士族階級後裔的傳統知性。阿都有兩個弟弟，一位是日後行醫的屋我良行，另一位是琉球舞蹈家屋我良勝。琉球王國最後一次接待中國冊封使，是在即將步入明治時代的前兩年，亦即一八六六年，良勝的舞藝就是出自當時參與御冠船舞演出的舞者所指導。

琉球宮廷表演原本是國家儀式，由具有士族身分的男子繼承。琉球處分之後，表演者失去舞臺，只能在傳統料亭或民家獻藝，成為尋常藝人勉為度日。如此一來，琉球王國時期民眾絕對無緣目睹的御冠船舞，也得以在市井中廣為流傳。屋我家自王國時期就舞者輩出，良勝也是繼承者之一。朝保和朝光皆受過舅父良勝傳授舞蹈，感到與有榮焉。

醫生和舞蹈家，兩位舅父對朝保兄弟產生深遠影響。

朝保住在那霸的安里村，位於今日那霸最繁華的市街，也就是國際通附近的鬧區。當時這一帶農家眾多，過著種菜或擠牛乳到鎮上叫賣的生活。來自其他地區的年輕女子會取林投葉製成編帽（巴拿馬帽），以換取現金收入。製作巴拿馬帽成為當時沖繩最大的產業。

有人記載，對當時南風原家的印象是「一間頹圮的小茅屋」，生活是「一貧如洗」。屋內幾乎沒有任何家當用品，只有一隻大鐵鍋，是阿都做豆腐用的。朝保兄弟每隔兩、三日就到附近的沼澙地帶「舀潮水」，目的是為了取鹽滷做豆腐。阿都傍晚到崇元寺橋畔擺攤賣豆腐。朝保在貧困生活中自求活路，十五歲時進入培養醫師的「醫生教習所」。

在明治政府統治及推動沖繩近代化的政策下，醫療體制成為首要課題。沖繩改縣之前，只有受中國醫學影響的中醫，當務之急則是培養學習西洋醫學的西醫。

沖繩醫生教習所的前身是沖繩縣醫院附屬醫學講習所，設立於明治十八年（一八八五）。一般認為醫生屬於菁英階級，其實並非如此。稻福盛輝在《沖繩醫學史》一書中指出，醫生教習所的學生「多數是無力就讀師範學校或中學的清寒子弟」，當時沖繩菁英分子首選的職業是政府機構要員或者教師。

朝保立志習醫的原因，似乎是受舅舅屋我良行曾就讀醫生教習所的影響，良行或許建議外甥日後不妨從醫為業。朝保在教習所習醫四年，僅留下一張相片。身形矮小的他，身高不滿一百六十公分，穿著刷白細花紋的絣紋和服，眼神透著伶俐。

豈知就在朝保畢業前夕，「醫術業開業甄試」制度被廢止，培養一百七十二名畢業生的沖繩醫生教習所就此廢校。朝保無法考取醫師執照，便決心前往東京，當時是明治四十五年（一九一二）四月，同年七月改年號為大正。

一個出身清貧的沖繩人想遠赴東京，不難想見他非比尋常的決心。東京生活對日後朝保的人生具有重大意義。

朝保就讀位於千馱木（文京區）的日本醫學專門學校（今日的日本醫科大學）。我向日本醫科大學的大學史編纂調查員林彰先生尋求協助，調閱朝保的課業成績，發現朝保只讀兩個月就輟學了。根據林彰先生的說法，因有許多學生無法籌措學費以致中途放棄，此後憑著獨自學習考取醫師執照。

朝保在沖繩醫生教習所大致已完成學業，便趁早放棄東京的求學生活。朝保輟學後發

十七歲的南風原朝保。明治四十三年。醫生教習所時期。

揮昔日所學，擔任醫學雜誌《日本之醫界》的記者賺取生活費，志在考取醫師執照。《日本之醫界》是土屋清三郎醫師發行的雜誌，他在大正六年（一九一七）當選眾議院議員，當時雜誌發行量為六千本。內容包括揭發醫界醜聞和違法密醫、藥價高昂等問題，是一份討論醫界熱門話題的雜誌。二十出頭的朝保才剛入行當記者，卻能利用採訪任務之餘繼續攻讀醫學，在東京過著多采多姿的生活。

朝保的長子千里（里里的異母弟弟），仍記得父親愉快地談起五年的東京生活：

「朝保生活很貧困，吃了許多苦頭，他卻不忘到處吸收新知，尤其對文學和戲劇很感興趣。他常說起去造訪森鷗外[6]的一段原委。」

朝保最尊敬的人物就是身兼醫職的文豪森鷗外，據說朝保年輕時曾造訪鷗外府上，毛遂自薦希望成為「兼差寄宿生」。

千里接著說：

「鷗外家常有這類年輕人前來，當然會吃閉門羹。不過據說鷗外對來自沖繩的朝保十分感興趣，朝保自我介紹沖繩姓氏，鷗外立刻知道漢字是『南風原』，讓朝保大為感動。鷗外不僅與朝保見面閒談，還請他到附近西餐廳吃一頓豐盛的厚玉子燒，我想那就是西式煎蛋捲，最後還送一本親筆簽名書。」

朝保珍藏許久的森鷗外親筆簽名書，如今已不知去向。朝保是否真的與森鷗外見過面？我認為這些證據恐怕不易尋找，但為了慎重起見還是細讀了森鷗外撰寫的《日記》，竟然發現確實有朝保造訪鷗外的記錄：

「大正二年　九月二十一日（週四）。半晴。楠瀨大臣參觀衛生材料廠，余亦隨行。沖繩人南風原朝保來訪。」

接著是翌日記載：

「大正二年　九月二十二日（週五）。雨。涼。南風原朝保之事交託井上圓治。致書於本間俊平。」

這真是令人驚奇的發現，若從年代日期推測，輟學後的朝保或許真的是去拜訪鷗外，請求在府上兼差寄宿，當然也可能是去徵詢日後從事醫職等意見。當時聲名顯赫的文豪森鷗外擔任宮內省御用掛（奉宮內省之命出仕皇室的職銜），對於一個年僅二十歲的青澀青年厚顏來訪，竟然願意欣然接待。

6 森鷗外（一八六二—一九二二），明治、大正時期小說家、軍醫，留學德國後曾任陸軍軍醫總監、帝國博物館總長等職，代表著作有《舞姬》、《高瀨舟》等。

森鷗外豪爽接待無名青年的軼事曾有好幾樁，例如文學家內田魯庵[7]年輕寂寂無名之時，曾以不速之客的身分登門拜訪，鷗外家中兼差的寄宿生認為他未經約訪就不請自來，態度頗為冷淡，也因此惹惱魯庵。鷗外深夜得知此事後，特地親自前往魯庵借宿處，為先前疏失賠禮（內田魯庵《おもひ出す人々》）。

森鷗外的親切態度讓朝保銘感於心，不難理解他為何會終生敬重鷗外，並對這次會面頗為自豪的心情。此外，當我查閱早期人名錄時，還發現鷗外將朝保介紹給一位名叫井上圓治的人，此人自東京帝大藥學部畢業後就擔任陸軍軍醫監之職（相當於上校階級）。

森鷗外的宅邸取名為「觀潮樓」，與朝保就讀的醫學校同樣在千駄木，是在三百坪用地上築造的兩層樓房，地點在團子坂坡頂上。

> 從二樓望去，東南方的山崖下有田圃和稻田，可遠眺上野與谷中的森林。森林左方是谷中天王寺，右方可見上野寬永寺的五重塔相輪。從上野山邊再往右方的向之丘高地，中間有一片低地，民家屋宇填滿整片低窪，朝更遠方可遙望品川外海的點點白帆。團子坂又名潮見坂，這座觀潮樓也依此得名。（森於菟《父親としての森鷗外》）。

宅邸的舊址今已成為文京區立鷗外紀念本鄉圖書館。據說森鷗外所住的團子坂蒼翠綠蔭，秋日裝飾菊人形[8]歡慶，坡道下有多家店舖。森鷗外在日記中，偶而記述與子女們在附近散步的情景。

從朝保造訪觀潮樓往前回溯約二十年，森鷗外曾前往朝保日後長居的臺灣。朝保可曾知曉鷗外在渡臺途中順道去過沖繩？

明治二十八年（一八九五），日本於甲午戰爭獲勝，達成占領臺灣之目的。臺灣強烈抗拒割讓，明治政府決定派兵鎮壓，森鷗外身為陸軍軍醫監也隨軍入臺，從事醫療任務三個月。森鷗外在《徂征日記》中，記述了航船在渡臺途中駛入沖繩的中城灣。

中城灣位於沖繩島最細窄的地帶，可從高臺地兩望太平洋和東海的美麗灣景。面港有一片丘陵，留下十五世紀築造的美麗石砌城垣。森鷗外之所以會接待朝保，莫非是對沖繩風景留下深刻印象？對鷗外而言，參與征臺之行是淒慘無比的醫療經驗。臺灣當時霍亂、

---

7 內田魯庵（一八六八—一九二九），明治、大正時期文學家，以諷刺短篇集《社會百面相》、《破垣》等描述社會寫實小說而知名。

8 以菊花的花與葉細緻組合及裝飾的人偶。多以傳統戲劇狂言的內容為題材，模仿受歡迎的演員的形貌製成。

瘧疾、赤痢等疫疾橫行，兩萬多名一般駐紮士兵中，有高達九成罹患腳氣病而病倒。罹患腳氣病的原因，根據今日最有力的說法，認為是要歸咎於森鷗外堅持兵糧應以白米為主食，才釀成如此慘劇。這個問題使海、陸兩軍陷入爭論，餘波蕩漾。森鷗外甚至受到這場論爭所影響，在日後人生中投下暗影（坂內正《鷗外最大の悲劇》）。

然而年輕的南風原朝保絲毫不知鷗外的苦惱，只是為了能與文豪相見而欣喜若狂吧。

朝保造訪森鷗外半年後，距千駄木不遠的上野，舉辦一場盛大慶祝甲午戰爭和日俄戰爭的「大正博覽會」。博覽會持續一百三十四天，入場人數高達七百三十萬，堪稱是盛況空前。會場展示化學工業、機械、建築、外國館等設施，摩天輪與通往會場的電扶梯聚滿了人潮。從沖繩遠道而來的朝保望見這幅景象，恐怕是大感驚奇吧。

我信步沿著朝保走過的千駄木坡道往上前進。當時來自沖繩、身形短小精悍的朝保，或許也曾享受著新時代的薰風，走在這條坡道上吧，相信他必然流露出滿懷自信的神情。

夏子之謎

朝保於大正四年（一九一五）五月，與一位名叫「夏子」的女子結婚。他們最初在何時邂逅？地點在何處？我的外祖母又是什麼樣的人物？根據親戚間的說法大概是如此：

聽說夏子是新式劇場演員。夏子這個名字，應該是藝名吧。假如她參加過帝國劇場表演，應該會與松井須磨子同臺演出。夏子可能是沖繩人，也相傳她是東京人。朝保對舞臺上的夏子一見鍾情，有人說夏子是已婚身分，事實真相並不清楚。但要說起會橫刀奪愛搶人妻這種事，倒很符合朝保的性格。

若想調查外祖母身世，一般只需查證戶籍資料即可知曉，遺憾的是沖繩戶籍資料在戰爭時付之一炬，戰後必須由當事人提出申請才能重新辦理「臨時戶籍」，當事人卻對戰前記憶模糊不清，縣政府在昭和三〇年代重辦的戶籍資料其實漏缺甚多。

朝保的戶籍於昭和三十三年（一九五八）重新編製，內容並不完整。關於結婚部分記載著「朝保與比屋根ツル提出結婚證書　大正四年五月三日申請」。比屋根是舊姓，ツル（tsuru）看似本名，應該就是夏子。長女里里出生於大正六年（一九一七）七月十二日，母親欄寫著「夏子」，兩年後的七月夏子離世。

夏子究竟何時出生？出生地是何處？戶籍中沒有記載。朝保或許也忘記夏子的正確出生地和生日、父母姓名。然而朝保在夏子去世數十年後的新戶籍中，卻正確記載兩人結婚以及妻子的逝世日期。我對這位連里里都不認識的「外祖母」開始產生強烈好奇心，假若她在當時已是戲劇演員，必然是一位罕見的奇女子。我想為了里里盡量搜尋夏子的訊息。

首先是「比屋根」這個姓氏，毫無疑問的是沖繩姓氏。大正時期在東京生活的沖繩人非常少，但我想起一位同姓者，就是宗教學者比屋根安定（一八九二—一九八〇）。安定的父親安榮於一八四九年出生於首里士族之家，曾考取科舉得以入仕朝廷，琉球王國卻旋即宣告終結。明治十二年（一八七九）面臨琉球處分之際，明治政府命令末代國王尚泰遷住東京，王族自此離開首里城。在數千士族民眾依依難捨送行中，尚泰啟程前往東京，尚氏一族在千代田區富士見町的宅邸住下，安榮是當時隨行的家令之一（掌管皇室內廷事務及管理僕從之職）。

比屋根安定是安榮與小田原藩士之女所生，出生地在東京尚邸，與尚家幾位王子親交篤厚。明治三十四年（一九〇一）尚泰薨逝，翌年安榮失去職務歸返故里，十歲的安定也隨同回到沖繩。安定稍後前往循道宗教會受洗為基督徒，十九歲時再赴東京，就讀於青山學院神學部，接著進東京帝國大學研修宗教學，日後在宗教史領域留下重要成績，著作和譯著成就斐然。

我推測，夏子的舊姓比屋根可能與安定一族有遠親關係，從年代研判也大致符合，我甚至發揮想像力，認為夏子莫非是在東京尚邸出生？我細細閱讀比屋根安定記述尚邸生活的隨筆記錄後，發現字裡行間找不到任何與「女演員」有關的親戚出現。另一方面，寺崎暹的評傳《比屋根安定　草分け時代の宗教史家》裡頭，也沒有發現任何相關記載。因此，我對夏子與比屋根安定之間關聯的推測，就此無疾而終。

另一項令人在意的是夏子已為人婦的說法。某一假設是夏子與姓比屋根的沖繩男子結婚並冠上夫姓，如此一來，夏子可能不是沖繩人。相簿中有好幾張夏子的照片，從她的美貌姿容來看，不難想見會成為舞臺演員。五官輪廓鮮明，既像是沖繩美人，又像帶有日本血統，無法判斷出身何處。這些相片皆攝於照相館，難以判斷是否為舞臺演員。從大正初期的戲劇發展來看，女伶這種職業顯得極其特殊，今日顯然無從相比，一般女子並不會輕易涉入演員行業。我是否該就此接受被「帝國劇場」、「松井須磨子」這兩個關鍵字包裝的夏子？我甚至懷疑朝保會不會杜撰自己妻子曾當過演員？我唯有試著先將親戚們長年提到的「松井須磨子」當成線索，繼續追蹤夏子的資料。

松井須磨子於明治十九年（一八八六）生於長野縣，十七歲至東京，歷經兩次婚姻失敗，成為坪內逍遙[9]創設的「文藝協會」戲劇研究所第一期學生。二十四歲就參加舞臺演出，飾演逍遙譯作《哈姆雷特》的女主角奧菲麗亞，以及島村抱月[10]所譯《玩偶之家》的女主角娜拉，因此備受矚目。大正二年（一九一三）須磨子從文藝協會退會後，與情人島村抱月共同創立劇團「藝術座」，翌年演出抱月所譯托爾斯泰《復活》的女主角卡秋莎，就此一炮而紅。據說須磨子演唱主題曲〈卡秋莎之曲〉的唱片熱賣兩萬張。藝術座立志演出兼具藝術性和大眾化的新劇，除了西洋文學翻譯劇之外，在創作劇方面成果十分可觀。

藝術座嘗試幾項劃時代革新，其一就是在牛込橫寺町（神樂坂）設立「藝術俱樂部」，並兼作小劇場之用，藝術展覽之餘並舉行新劇公演。又獲核准以「出借」方式開放給單口相聲或說書、說唱謠曲等傳統藝術表演。藝術座發行雜誌《演劇》之外，於大正四年（一九一五）創立「藝術座附屬演劇學校」。須磨子也在文藝協會的戲劇研究所學習，目的在於「研究戲劇相關學理和表現技巧」。竹之內靜雄在《日本新劇史》中提到這所戲劇學校，表示「學習要求不如文藝協會嚴格」。原因在於以島村抱月、松井須磨子為主所組成的師資陣容，必須不斷參加「各地巡演」，不僅無法按照課程講授和實習，校內學生甚至需要隨同巡演，以致出現在旅館授課的情形。此外，「創校時期十幾位學生的姓名和校內授課內容近乎曖昧不明」，結果無法得到這所戲劇學校的具體相關證言。

藝術座的活動發展獨樹一格，不僅有演出活動，就連松井須磨子本人的緋聞也躍上報紙版面。男記者筆下的須磨子，是蘊含譴責之意且蓄意強調她奔放不羈的一面，與女性讀者卻支持她的新生活態度，形成鮮明對照。例如有讀者投稿：「須磨子女士能自我覺醒去嘗試這項工作，如此態度令人刮目相看，深為敬服。」（雜誌《新真婦人》，大正四年一月號）。

松井須磨子的絢爛人生，據說讓婦女們掀起一股「女伶潮」。日本新劇協會的臺柱演員伊澤蘭奢（一八八九—一九二八），原本是島根縣津和野的委託藥行老闆之妻，並育有一子。她在就讀東京女校時曾觀賞須磨子的舞臺演出，從此無法忘懷。蘭奢在婚後從報章雜誌得知須磨子的活躍，就在大正五年（一九一六）二十六歲之際，毅然將孩子留在家鄉，隻身前往東京展開戲劇生涯。蘭奢對須磨子曾有以下述懷：「甚至連鄉下女孩也受到

9 坪內逍遙（一八五九—一九三五），劇作家、小說家，積極推行戲劇革新運動及譯介莎翁劇作，代表作有《小說神髓》、《當世書生氣質》等。

10 島村抱月（一八七一—一九一八），劇作家、戲劇評論家，與其師坪內逍遙設立文藝協會，積極推動藝劇文化革新，為新劇運動先驅者。

她獨特風格的震撼。」

我的外祖母夏子也是生活在當時的年輕女性，她是否真與松井須磨子有任何交會點？我在早稻田大學演劇博物館的資料中，試著搜尋朝保住在東京那段時間裡「藝術座」舉行過的所有公演手冊，卻也不禁擔憂恐怕找不到夏子之名。

結果又是如何呢？大正六年（一九一七）三月在藝術座第八回的公演手冊裡，松井須磨子主演《寶拉》一劇的演員名單中，赫然出現「女僕　南風原夏子」，而在同時公演的希臘悲劇《伊底帕斯王》中又出現「侍女　南風原夏子」。我不禁發出驚呼，夏子果真是舞臺演員！儘管只是配角，未在戲劇史上留名，我終於找到證據，證實了至今身世成謎的外祖母，的確曾登臺演出。這種感覺彷彿像是原本只留存於古老相簿中的女性，終於以溫潤之軀現身一般。

第一位沖繩女演員

此時藝術座公演的女演員裡頭，有名伶酒井米子，還有以「文學藝者」而聞名的三武陽子等新演員加入，報章雜誌上亦刊載相關劇評。戲劇雜誌《新演藝》（大正六年四月號）

的連載報導〈樂屋寫生帳〉中，有一篇描述《寶拉》這場公演的後臺側寫，寂寂無名的夏子並未見諸記載，然而，夏子絕對也存在於這篇後臺記錄的風景中。我凝神細讀這篇雜誌舊文，感覺像是看到夏子的身影。

我再查閱藝術座的其他公演手冊，除了唯一那次之外，演員名單中再也不見夏子之名。當我得知夏子曾在松井須磨子出演的藝術座表演的事實後，想更進一步探索她的軌跡，於是參考閱讀矢野輝雄的著作《沖繩藝能史話》，令人驚訝的是其中有一段記述：「恰於此時有一位名叫南風原鶴子的沖繩女子獲錄取為帝劇演員，於大正五年生動演出《安娜．卡列尼娜》中的女僕阿妮塔……。」這名女演員正是自稱ツル，也就是鶴子的夏子。文中出現了親戚們提到的「帝國劇場」，演出則在藝術座公演的前一年。夏子進入藝術座之前，是否在帝國劇場演出？

帝國劇場於明治四十四年（一九一一）落成，位於千代田區丸之內，文藝復興風格的法式建築，包括地下室總共五層，是日本最早以鋼筋築造的正規劇場。設有七百個觀眾席，中央大廳懸吊著豪華水晶燈。帝國劇場啟用前，先創立戲劇學校，目的是培養女演員。然而根據杉浦善三著作《帝劇十年史》（大正九年刊行）的畢業生一覽中，並沒有夏子之名。倒是代議士（眾議院議員）之女森律子（一八九〇—一九六一），是帝劇女演員培養中心的第一屆學生，並成為專屬演員。森律子是從跡見女學校畢業後，進入築地女子英語學校就讀的才女，她說起成為演員的理由：「我認為從女學校畢業後就立刻步入婚姻，實在是毫無意義，當時我心底萌生一種想法，日本婦女應有一技之長，大膽地追求獨立自主才對。」（森律子《女優生活廿年》）。

有關《安娜．卡列尼娜》的戲劇公演，我發現的資料是「大正五年九月　托爾斯泰著，松居松葉譯《安娜．卡列尼娜》　藝術座於帝國劇場演出」。換句話說，這齣戲是在帝國劇場上演，正是松井須磨子的「藝術座」公演。

這場公演似乎發生人事糾紛，情況大致是「帝劇方面因有某些人士對藝術座公演《安娜．卡列尼娜》心生反感，一時欲取消簽約，經由山本專務董事調解處理後方能演出」（中村吉藏《藝術座の記錄》）。這起事件恐怕是針對松井須磨子緋聞的抗議聲浪吧。這場公演中有初代的水谷八重子（一九〇五—一九七九），當時年僅十一歲，因飾演安娜之子「賽奇」一角而演技深獲肯定。當時對八重子的評論是：「以童音登臺演出，卻能自然表述臺辭，成人演員自愧弗如。」（雜誌《演藝畫報》岡鬼太郎劇評），由這段描述便可窺知這位未來巨星的風範。八重子在個人著作中曾提到：「我對提拔自己演出這個角色的島村抱月老師，視若生父般敬重，對於親自指導我演戲的松井須磨子女士，則親愛如慈母。」

（水谷八重子《舞臺の合間に》）。

夏子既然身為藝術座演員並飾演「女僕阿妮塔」，足以見得前述的《沖繩藝能史話》中描述的「被錄取成為帝劇演員」一事與事實不符。然而此書另有一段記述指出，當時的沖繩傳統藝能是傳承自琉球王國時期，唯有男演員才能演出。明治中期以後正規劇場集中於那霸興建，尤其以稱為「沖繩戲劇」的歷史劇方興未艾，許多劇團紛紛成立。東京戲劇界的訊息流傳至沖繩，競相演出莎士比亞劇，甚至受歌舞伎或新派戲劇所影響。大正六年（一九一七）三月，據說在劇團「中座」第一次有女演員多嘉良妙子登臺演出，《沖繩藝能史話》中還提到：「妙子應該是受到啟迪（指南風原鶴子在帝劇的演出），才成為中座的演員。」夏子在東京只是演出無足輕重的角色，或許在沖繩過於誇大渲染，但根據這本書的記述，夏子可說是促進女演員登上沖繩戲劇舞臺的「第一位沖繩女演員」。

若當時沖繩戲劇界已宣傳夏子的事蹟，則當地報紙有可能出現相關記載。我先前對夏子是否真是演員抱持懷疑，在掌握幾項證據後，決心從最原始的資料開始搜索。以前我怎麼從來沒察覺呢？我根本沒想過外祖母會登上報紙版面。

如此一來，南風原夏子的身影清晰浮現於我面前。

當我發現大正四年（一九一五）九月十一日《沖繩每日新報》的報導時，實在驚訝至極。

這篇含有三段內容的醒目報導，標題是「本縣人成為女演員 藝術座第一屆學生」。報導開頭敘述島村抱月等人在牛込橫寺町新建藝術座附設的戲劇學校，第一屆招生中有八名學子在七月入學甄試合格，近期內已舉行創校典禮。中間標題則是「破日本劇壇記錄」，內容為「除了錄取六名男演員之外，兩名女演員中，有一位是來自琉球的南風原鶴子（二三），她的表現可圈可點，堪稱是破日本劇壇記錄。鶴子出生於首里，自幼與母親卡彌住在那霸若狹町，明治四十四年畢業於沖繩縣立女學校，曾奉職任教於島尻郡高嶺知念小學，並擔任沖繩電氣公司的女員工。她生性熱愛文藝，嗜讀《玩偶之家》、《故鄉》、《莎樂美》、《復活》等近代文藝劇作，在渴望登臺演出的強烈心願驅使下，於今年五月追隨夫婿朝保遠赴東京。」

若以出生年開始計算夏子（鶴子、ツル）的年齡，應是明治二十六年（一八九三）生於首里，在那霸成長的沖繩人，其父似乎早已離世。為了慎重起見，我查閱明治四十四年三月的《琉球新報》，發現有一則關於高等女學校畢業典禮的報導，細讀後發現六十名畢業生中有「比屋根ツル」之名。如此一來，可知傳言朝保是「對舞臺上的夏子一見鍾情，她還是別人妻子」的說法有誤。夏子生於沖繩首里的比屋根家，在那霸的繁華區內成長，

夏子（比屋根ツル）。婚前留影，約攝於任教時期。

與朝保是初婚，在此之前從未有過婚嫁。在此之前夏子沒有去過東京的跡象，與朝保婚後的人生目標是當演員。

朝保與夏子或許在沖繩相識，時間應是改元為大正之年，也就是在朝保前往東京之前。沖繩最早設立的縣立高等女學校校舍正位於那霸安里，也是南風原家的所在地，朝保可能在安里這一帶，對同齡的女學生比屋根ツル（夏子）一見傾心，畢竟夏子是極為出眾的美女。另一種可能則是朝保從東京返回沖繩後，兩人在這段期間邂逅。朝保會告訴當時已是戀侶或未婚妻的夏子有關文學界、戲劇界的發展訊息，給予她極大影響，或許正是朝保建議夏子去報考戲劇學校。

有一張在那霸照相館拍攝的相片，西裝筆挺的朝保與身穿和服的夏子，還有比朝保小十一歲的胞弟朝光，以及兩位穿著琉球傳統服的女性，她們是朝保的母親阿都與夏子的母親卡彌。阿都和卡彌穿著的正是琉球王國的傳統士族階級婦女裝束，也就是在和服外罩上象徵士族婦女階級的長絣紋外衫，梳著鬆鬆結起的髮髻。阿都出身於首里士族，卡彌則嫁入比屋根家並生下夏子，我認為卡彌的出身背景可能是與比屋根安定一族有關的首里士族。之所以會有如此想法，是根據卡彌的裝束判斷而來，在當時依舊謹守士族的衣裝禮儀。

夏子與比屋根安定的血緣並不相近，但可肯定應與安定同樣系出比屋根一族。安定為了攻讀青山學院而赴東京，當時是明治四十三年（一九一〇），夏子則在五年後前往東京。根據比屋根安定的評傳所述，他潛心修習神學，投入「熾如烈火般的虔信」，對於「沖繩女演員」之類的報導或許是充耳不聞。

根據《沖繩每日新報》的報導，記者前往夏子雙親家作採訪，是由夏子的外祖母（卡彌之母）接待記者。根據這位老婦人的說法，朝保已在同年三月去東京參加「醫術考試」，五月發電報至沖繩，邀夏子前往東京。前段提到的相片，應是朝保於大正四年（一九一五）三月即將啟程赴東京前在那霸所拍攝。在此之前似已完成訂婚事宜，五月辦理結婚登記。夏子和朝保在東京展開新婚生活，七月參加藝術座的戲劇學校甄試。夏子的外祖母是透過這名沖繩記者，才了解孫女被錄取及入學情形，感到十分震驚。有關孫女會「立志成為演員」一事，她完全被蒙在鼓裡，因此答覆記者時略帶困惑語氣，表示知道夏子的嗜好是彈鋼琴、管風琴、「古琴」，卻不知孫女今後的星途是否順遂。

夏子畢竟是一位奇女子，可說是職業婦女之先驅，既像婚後立志邁向演藝生涯的伊澤蘭奢，又與決心當演員的森律子形象重疊。我相信外祖母夏子也是屬於大正時期的新女性。

大正四年。那霸。朝保夫妻，弟朝光，卡彌和阿都。

然而如前文所述般，夏子就讀的藝術座戲劇學校，學子們必須配合巡迴演出，無暇在校上課聽講。夏子是否真受過正規戲劇訓練，十分令人存疑。沖繩雖有「本縣人成為女演員」的報導，其實夏子在東京只是沒沒無聞的配角演員而已。

夏子在「帝劇演出」的消息也成為沖繩報紙的報導題材。根據《沖繩每日新報》於大正五年（一九一六）十月二十九日的報導，標題是「本縣出身　女伶首度登臺　參加藝術座《安娜．卡列尼娜》演出」，內容為「首位本縣女演員南風原鶴子初試啼聲，在帝國劇場參與公演，飾演藝術座《安娜．卡列尼娜》一劇的小配角阿妮塔，沒有呶呶不休的臺詞，只是三言兩語演出，可說是平淡至極的角色。然而本縣婦女得以榮登帝劇舞臺，光就此點就足以耐人尋味」。這篇報導還提到夏子與丈夫朝保在東京時，呼喚在沖繩的母親（卡彌）到牛込的神樂坂同住。神樂坂正是「藝術俱樂部」的所在地。

相簿中有一張記載著大正六年（一九一七）一月的相片，是攝於九段的照相館。朝保穿著晨禮服，面容顯現威凜的神情。夏子是細長臉形，梳著大正時期的高髮髻，眼神蘊含堅定意志，可感受到她在登臺後培養的自信。另一位婦女從容貌來看似乎是沖繩女性，卻不是夏子之母。從照片中朝保夫婦的服裝來看，可發現兩人在東京生活逐漸寬裕。朝保在前一年取得醫師執照，這對年僅二十四歲的年輕夫婦流露著穩重氣質，或許是由於朝保得以展開醫業而意氣昂揚，以及夫婦喜獲子嗣而來。當時夏子應懷有三個月身孕，長女里里於同年七月誕生。

夏子在懷胎六個月時，出演先前提到的《寶拉》和《伊底帕斯王》，恐怕這是她人生最後一次演出。南風原夏子雖只飾演「女僕」和「侍女」的角色，但若里里能得知母親夏子的身世終於得以真相大白，不知該有多歡喜啊。我好想告訴里里，夏子竟然是第一位沖繩女演員啊。尤其當時還未出世的里里，日後若能知道母親曾與松井須磨子同臺演出，相信她一定欣喜不已。

豈知就在大正七年（一九一八）十一月，島村抱月罹患西班牙流感[11]猝逝，兩個月後松井須磨子在藝術俱樂部輕生，結束彷如彗星的女伶生涯。曾與須磨子擦肩而過的南風原夏子，人生也將接近終點。

當時朝保應有預感人生將是前途似錦。夏子對這位年輕丈夫，或許也感到燦爛耀眼。

11 一九一八年春季發生於美國，此後蔓延至歐洲，西班牙疫情最為慘重，造成全球感染死亡者近五千萬人，為二十世紀重大病災。

大正六年。東京的朝保與夏子。

西伯利亞的來信

前文提到森鷗外在《日記》中曾提過朝保等事，在那四年後，朝保這個名字再度出現於鷗外日記中。

「大正六年　二月十八日（週四）。雨。後陰，風。散步白山。南風原朝保來訪，贈來琉球歌舞劇寫本組踊集。未引見。與妻美代遊淺草。」

這段記載顯示朝保在鷗外散步外出時來訪。所謂「組踊」[12]，就是琉球王國時期以來的傳統樂劇，戲劇演出中主要表演御冠船舞。朝保在叔父屋我良勝的指導下，琉球舞蹈造詣深厚。他是特意從沖繩攜來組踊解說本送給鷗外？森鷗外是否對琉球組踊感到好奇？或者純粹只是朝保主動贈送的饋禮而已？

當日朝保造訪未果，原本目的是為了向鷗外辭行，不久朝保即展開遙遠的異國旅程。

至今保存一張朝保寄給夏子的明信片，同樣是大正六年（一九一七），日期寫著二月，收信地址是東京田端。田端是芥川龍之介[13]和室生犀星[14]等眾多文士和美術家聚集的村落，藝術家在此組成沙龍，若談起明治、大正文化就不可輕忘此地。由此可見朝保夫婦已從神樂坂喬遷來此。

朝保寫給夏子的信件是寄自遙遠的俄羅斯。在俄羅斯西伯利亞地區中，有一處稱為尼古拉斯克市（今烏蘇里斯克市）的卡爾薩科烏斯卡亞街。南風原朝保曾在這個地方逗留生活。

從俄羅斯寄來的卡片日期，可推測夏子在這張卡片寄達一個月後，也就是在三月時參加演出藝術座的戲劇《寶拉》和《伊底帕斯王》。換句話說，夏子在與松井須磨子同臺演出時已懷有身孕，新婚夫婿朝保卻遠在俄羅斯。

從俄羅斯寄來的明信片，是用朝保在照相館拍攝的相片做成的，他戴著毛皮帽，身穿大衣。從明信片背面的字跡裡，可以感受到他振奮的心情：「身為一名年輕醫生，這副模

---

12 琉球王國時代由向受祐參考日本藝能而創作的舞劇，後成為琉球士族、上層階級的主要娛樂之一。二〇一〇年被聯合國教科文組織列入人類非物質文化遺產代表作名錄。

13 芥川龍之介（一八九二—一九二七），小說家，主要為短篇創作形式，早期作品深受日本古典說話文學與十九世紀西歐文學所影響，中、晚期因受病痛所苦，作品傾向厭世風格，代表作品有《羅生門》、《河童》、《某個阿呆的一生》等。

14 室生犀星（一八八九—一九六二），詩人、小說家，以創作抒情詩為主，如詩集《抒情小曲集》、《愛的詩集》等。

朝保從俄羅斯寄給住在東京的夏子的明信片。

樣才不失體面吧。多少具備幾分初為人父的派頭。」

懷著身孕獨自留在東京的夏子，讀到這封信時是作何感想呢？我試著想像夏子的落寞。

朝保赴俄羅斯期間，夏子在藝術座登臺演出，然後返回沖繩待產。我得以知道這些訊息，是由於相簿中保存一張照片。夏子抱著剛出生十三日的里里，背景是沖繩特有的石壁及擺置南國植物的庭院，可知拍攝地點必然是沖繩。夏子的容顏與在東京時相較之下，簡直憔悴得令人吃驚。

就像里里曾告訴我的，她出生時父親朝保還在俄羅斯。朝保將女兒取名為「里里」，或許是仿效他敬愛的森鷗外，將所有子女名字全取為英文譯音。

朝保為何會遠赴俄羅斯？綜合諸多親戚的各種說法，我才知道原委。原來是叔父屋我良行先到俄羅斯，才召喚朝保前往。前文提到朝保志在行醫，叔父當時已是開業醫師，迫不及待盼望侄兒在東京考取醫師執照。朝保或許是受到屋我的經濟支助，答應取得執照後就動身去俄羅斯協助叔父醫診。然而，最恰切的理由，應該是朝保對「俄羅斯」這個蘊含歐洲文化韻響的國度深深著迷，甚至不惜將懷有身孕的妻子留在日本，逕自遠赴俄國。依朝保的個性，一旦下決心就絕不妥協。

夏子抱著出生十三日的里里。攝於那霸。

屋我良行是那霸人，明治八年（一八七五）出生，曾就讀於沖繩醫生教習所，畢業後在大阪和東京習醫，然後赴長崎參加開業醫甄試，二十九歲的屋我考取執照後，在長崎縣北松浦郡佐佐村開業。

明治三十九年（一九〇六），三十一歲的屋我良行在俄羅斯經營屋我醫院，地點位於尼古拉斯克的小鎮。尼古拉斯克這個地方，是從西伯利亞的海參崴深入內陸約北上一百公里，相當接近清朝（中國）邊境。

一八六〇年清廷在第二次英法聯軍之役戰敗，根據北京條約割讓烏蘇里江東岸一帶（沿海地方）給俄羅斯。俄羅斯企圖進軍亞洲，開發此區域作為軍事和貿易重鎮。明治十四年（一八八一）開通日俄兩國的海路航線，是從長崎經由釜山、元山，最後抵達海參崴，據說許多來自長崎的日本人前往此區。屋我良行在長崎行醫，大概獲得訊息才考慮去西伯利亞開業。原本在南島出生成長的屋我良行，同樣對俄羅斯這片「大陸」的韻響深感著迷。以沖繩人的立場來看，遠赴北國開業十分具有開創性，不僅是屋我良行，對當時的日本人而言俄羅斯可說是浪漫國度。

明治三十三年（一九〇〇），就在屋我良行開業數年前，身為諜報員的陸軍上尉石光真清，為了情報工作前往尼古拉斯克（石光真清《曠野の花》），這裡當時屬於危險區域，甚至與中國相互砲擊，同時緊急鋪設大動脈鐵路（東清鐵路）作為遠東戰略用途。根據石光的記載：「在俄羅斯鋪設鐵路的工程現場，主要勞動者幾乎皆是日本人。」可知有大量日本人伕提供勞力。

石光真清搭乘蒸汽火車，從海參崴前往尼古拉斯克途中，在火車上遇到一位「剛過花甲之年的日本乘客」。這位老紳士就是笹森儀助（一八四五—一九一五），原為弘前藩士，曾任青森市長，後半生涯投身旅行，遍歷樺太（庫頁島）、千島、沖繩各島、朝鮮、中國、俄羅斯等地，為後世留下詳實記錄。笹森在千島和沖繩探險，目的是視察日本新疆域的國防設施，調查當地種族和習俗。附帶一提，笹森儀助於明治二十六年（一八九三）前往沖繩各島訪查，對當時沖繩被納入日本領土後的混亂情景有細緻入微的觀察，將這些記錄收入《南島探險》一書。沖繩調查歷時七年，然後五十五歲的笹森儀助隻身遠赴西伯利亞。

根據儀助的調查，當時有二百六十多名日本人住在尼古拉斯克，日本人經營的店鋪共有兩間，還有幾間娼寮，逗留當地的日本女子幾乎全是妓女。其他尚有照相師或木匠、鐵匠等職業（東喜望《笹森儀助の軌跡》）。

笹森儀助目睹的日本女子，應該是以日本籍鐵路工人為討生活的對象吧。當時留在西伯利亞的日本人之中，半數以上是女性，尼古拉斯克即有多達八間娼寮。

明治三十五年（一九〇二），作家二葉亭四迷[15]亦搭乘剛開通的烏蘇里鐵路，從海參崴至尼古拉斯克，再轉搭東清鐵路至哈爾濱。

屋我良行於明治三十九年（一九〇六）開業，對當時的日本人而言，尼古拉斯克是日本推行統治滿洲政策的重要據點，不難想見有許多日本人移居。屋我良行經營的醫院是以診療日本病患為主。

大正六年（一九一七）朝保前往尼古拉斯克之際，鎮上三萬六千名人口之中，日本人占四百八十五名。

屋我醫院是一棟木造平房建築，朝保從當地寄給在東京的夏子和熟人的幾封信中，皆有這間醫院的蹤跡。相片中俄羅斯士兵和婦女、屋我良行、朝保皆面露微笑。朝保是否能忍受當地的酷寒？引人注目的是照片日期寫著一九一七年三月，正值俄國革命發生之際，

15 二葉亭四迷（一八六四—一九〇九），小說家，畢業於東京外國語學校俄語科，深受俄國文學影響，代表作有寫實主義小說《浮雲》、《平凡》等。

大正六年三月。俄國革命之際。攝於俄羅斯屋我醫院。

尼古拉斯克與首都相距甚遠，延遲一些時日才受到革命波及。有人曾問朝保革命的情況，據說他回答：「革命前夕軍人們還在耍威風，一夕之間全被扔進大牢，真是痛快極了。」真相如何則不得而知。

朝保在俄羅斯展開愜意生活之時，我掛念著獨自留在沖繩的夏子。我找到當時夏子在沖繩接受採訪的報導，是大正六年（一九一七）十一月《沖繩每日新報》的邊欄專訪，內容則是有關她在東京的演藝工作。

報導開頭是「記者造訪在（那霸）區崇元寺町過著閒靜生活的演員南風原夏子（鶴子），產後至今體況尚虛，從她的神情中飄忽一抹女伶若有似無的妖豔。當記者詢問：『是否有意演出新劇給故鄉的觀眾欣賞？』夏子閃著好勝眸光，泛起微笑表示：『我在東京登臺時，曾考慮返鄉演一齣戲也好。只不過回鄉觀賞演出之後，感到甚為失望。』」這篇報導也提到，夏子失望的原因是沖繩戲劇「沒有腳本可供演出」。

夏子批評的就是描述琉球王國歷史的「沖繩戲劇」。時至今日，沖繩戲劇依舊維持由整個劇團負責演出，沒有任何腳本，演員是在團長以口傳方式下牢記臺詞和演技。如此就可彰顯各劇團的獨特表現方式，我很欣賞這種表演風格，但對當時在東京學習新劇，曾登臺演出懷有自信的夏子來說，卻覺得老派跟不上潮流。文中形容的「好勝眸光」，正是夏子予人的觀感。

夏子還表示，若將沖繩戲劇與新劇混淆，可能將對新劇價值造成影響，為了將新劇本質傳達給故鄉觀眾，她想成為不演出沖繩戲劇的「外行人」，若遇到對新劇感興趣的人士，將會考慮切磋合作演出。報導結尾則是「記者辭別之際，期許夏子懷著遠大抱負，盼今後能有再訪機會」。

看來我這位外祖母作風頗為強勢。夏子在東京短暫不到兩年，接觸最前衛的新劇演出經驗，可說意義十分重大。然而能與她討論寶貴經驗的丈夫朝保遠在俄羅斯，正如報導描述的「產後體況尚虛」一般，她的身體相當羸弱。

朝保逗留在俄羅斯之際，正值第一次世界大戰（一九一四—一九一八）開戰期間，日本以支援捷克軍為藉口，真正目的在於干涉俄國革命，隨同美、英、法、義出兵西伯利亞（一九一八—一九二二）。西伯利亞大地籠罩在沉重戰雲之下。

大正七年（一九一八）八月二十日的《大阪朝日新聞》有一篇報導，標題是「尼古拉斯克進入戰況　美軍悠哉」，內容則是「英軍登陸後，火速趕赴前線支援捷克軍，隨即與德、奧俘虜軍陷入激戰並痛擊敵軍，英軍有少數士兵負傷。如今戰場位於斯巴斯卡亞一帶，從尼古拉斯克搭乘蒸汽火車僅需四、五小時行程。此處是沿著烏蘇里河溪谷的沼地，唯有鐵路對外聯繫，無路可通，車馬未達，交通極為不便」。

報導提到戰火歷時一個月，法軍繼英、美聯軍之後也加入援軍攻克敵營。

從浦鹽（海參崴）搭乘六小時蒸汽火車抵達東清、烏蘇里兩鐵路的分岔點，亦即最接近前線的都市尼古拉斯克市，如今已成為聯軍設置軍營的要塞。此市原本是軍團駐紮所在地，兵營數量反而更多於浦鹽，滿載軍需品的軍用車每日往返數趟，市內如今徹底進入備戰狀態。

朝保居住的尼古拉斯克市，已淪為戰雲密布的動盪地區。

從明治改元為大正這一年，朝保從蒼海環繞的沖繩，這個保留琉球王國餘韻風情的南島，獨自一人前往東京，不久又遠赴北方浩瀚國度，相信他在俄羅斯當地，也能親身體驗這場大時代鉅變。

朝保在俄羅斯大約逗留一年，翌年大正七年（一九一八）返回沖繩，還帶回俄羅斯特產，一只燒茶煮水用的茶炊。朝保很愛惜這個茶炊，日後攜著它飄洋渡臺。

屋我良行在朝保返國兩年後也離開俄羅斯。

一歲的里里與朝保夫婦。大正七年，攝於那霸。

有一張朝保於大正七年（一九一八）七月拍攝的相片，這是相簿中唯一有朝保與夏子、里里的全家福照。朝保穿著清爽白和服，外罩薄紹織長衫，夏子一襲沖繩芭蕉布和服，流露初為人母的風韻。還有一歲的里里穿著花紋小和服，夏子和朝保泛著微笑，相片中傳來一個年輕家庭的幸福洋溢。

朝保曾是醫生教習所畢業生，返鄉後必須義務前往無醫村看診。朝保的工作地點在在宮古島，可能是單身前往，看診時期卻不滿一年。

緊接著夏子驟然而逝，就在大正八年（一九一九）七月二十六日，據說死因是罹患肺結核，確切真相則不明。距夏子流露過人自信接受採訪之時，只不過才一年八個月而已。朝保是否在夏子臨終前與愛妻見到最後一面，事實無從知曉。然而他在夏子去世數十年後重辦戶籍之際，清楚記載夏子的忌日。可知朝保對年輕妻子早逝的傷痛依舊深懷於心。

這位名叫夏子的女性，她的二十六年生涯究竟意味著什麼？生於明治動盪時期，接受教育、擁有工作，在興起「女伶潮」時期邁向舞臺人生，與立志行醫的男士邂逅相戀，乃至結婚、生子。夏子嘗到的幸福滋味如此短促，她是如何面對人生的最終階段呢？

有一張相片是朝保和里里的合照，攝於夏子逝世之後。朝保穿著雪白麻質西裝，繫黑領帶，手臂圍著黑喪章。他以手支著臉頰的模樣，並非單純擺出姿勢，而是真正陷入哀痛

攝於夏子逝後不久的大正八年。佩戴喪章的朝保和里里。

中。倚在父親膝畔的里里則流露泫然欲泣的不安眼神。這張相片距上次拍攝全家福照的夏日，還未滿一年。配戴喪章拍照四個月後，朝保和里里在十二月坐上前往臺灣的渡輪。

到美麗島

聯結日本本土（神戶）和沖繩、臺灣的定期航線，於明治二十九年（一八九六）啟航，為了因應旅客逐年增加的需求而擴大船身規模，據說內部設有娛樂室和郵局，如此發展引證了日本對臺統治日趨強化。

日本在甲午戰爭勝利後要求清廷割讓臺灣，強行以武力占領臺灣全島並設置總督府。明治二十九年（一八九六）頒布的〈對臺施政方針〉，提出臺灣是國防要域，開始推行政策「積極鼓勵日本移民」。明治政府的治臺政策，目的是將臺灣改造為日本人民的居住地。

其實每年有數千名日本人渡臺，根據第一次臺灣國勢調查，朝保父女渡臺的大正八年（一九一九），在臺日本居民就高達十六萬四千名以上，其中沖繩人占兩千四百三十三名。

就當時沖繩的情況來考量，朝保去臺灣並非罕見之例。沖繩人在日治初期就開始渡臺，自明治三〇年代起掀起一波「臺灣熱」風潮。對於在不景氣和失業下苟延殘喘的沖繩縣民而言，新領土臺灣是另尋活路的樂園。建築工或日籍家庭雇傭，甚至歡場女子紛紛渡臺謀職。

明治政府考慮到治理臺灣之際，沖繩人是極其適切的可用之材。明治政府在合併琉球，甚至將沖繩「日本化」過程中，可說是已執行過殖民統治的模擬實驗，現在試圖將在沖繩實施過的政策活用於臺灣，讓沖繩人在治理臺灣之際發揮功能。

首先是設置沖繩人巡查，目的在於鎮壓臺灣人的抗日行動，讓成為「新日本人」的沖繩人處於優勢，擔任日、臺人民的緩衝角色。此方式同樣運用於教化方面，派遣大量沖繩教員渡臺推行皇民化教育。

朝保渡臺的原因，不僅是尚未從喪妻打擊中恢復心情，還包括沖繩當地無法提供醫師大展所長的機會。當時的沖繩醫院是以來自日本本土的醫師占盡優勢，月薪極為優渥，本地醫師望塵莫及。朝保曾在東京習醫，有赴俄醫診經驗，並為此頗為自豪，恐怕難以忍受這種懸殊待遇。更何況不僅是沖繩，就連日本國內也沒有像新領土臺灣一般，擁有先進醫療研究機構和最新設備，這點對青年醫師而言可說是魅力十足。

從那霸出發的渡輪載著朝保父女迎向臺灣。朝保習慣船旅，兩歲的里里卻是第一次坐船。那霸港岸上，阿都或許會為最疼愛的兒子和剛喪母的孫女送行，身軀嬌小的阿都穿著琉球傳統服裝，拼命朝著輪船揮手。

渡輪預定停靠基隆港，基隆是位於臺灣北部的港都，全年有兩百天細雨濛濛，有「雨都基隆」之稱。

我寫到此暫時擱筆，接下來決定要追循朝保和里里的足跡前往臺灣。時光回溯，從這對父女聽見那霸港出航的鑼響那日開始算起，就在八十二年後的春天。

第二章

來臺第一步

臺北市兒玉町南風原醫院。昭和三年。

從沖繩到臺灣的航船，是從那霸安謝港出發。

那霸古稱「浮島」，如今已然成為大型都市，完全無法讓人聯想到古琉球時期的模樣，唯有從浮島街這個街名來遙想舊貌。

首里是昔日的王府所在地，與那霸之間以海相隔。根據傳說，來自中國的使者和冊封使，每次搭乘巨大而華麗的冊封船進入那霸港之後，就會換乘平底舟來晉見琉球王。一四五二年，冊封使一行來到琉球，當時的第四世琉球王是尚金福（一三九八—一四五三），他下令建造如長虹般的石造堤架以迎接使節團，是一條跨越海面，全長約一公里的石橋。奉命築橋的人叫做懷機，他來自中國，入仕琉球王府後官拜國相之位。

歷經百年後，那霸港築起凸堤，整治成海國琉球的重要港口，除了交通及國防功能之外，也是與中國、南蠻（主為東南亞）、日本等地往來頻繁的貿易港。廢藩置縣之後的那霸港，不僅進出口貿易增加，各地人士往來遽增，也開闢了通往中國福州、上海，甚至前往臺灣的航線。

日本殖民統治的首要課題就是開闢航線，導致日臺航路利權的激烈爭奪。

明治七年（一八七四）日本出兵臺灣之際，明治政府試圖依賴美國船舶運送軍需品。美國欲在中、日兩國之間維持中立，拒絕此項要求，明治政府只好在國內海運公司中尋找合作者，卻因政府內部把持重權的諸藩爭權奪利，以至於一時之間無法決定由誰承攬工作。三菱財閥創始者岩崎彌太郎[1]洞燭機先，找上決定對臺出兵的核心人物大隈重信[2]，成功取得運送軍需品至臺灣的權利，並獲得大量船隻，岩崎彌太郎從此獨占對臺海運，奠定日後三菱財閥飛黃騰達的基礎。

明治二十九年（一八九六），臺灣總督府命令開設日、臺間的固定航線，同年日本本土的「內地人」獲准渡臺，日、臺間的海運在日本殖民政府資金援助下穩健發展。

在這些日臺航線之中，有兩條會在中途停靠沖繩，分別是從神戶經由下關、長崎，行經沖繩、那霸、八重山群島，再前往臺灣基隆；以及從神戶經鹿兒島，再從那霸抵達基隆。這兩條航線都是每月往返兩次，可知渡臺日本人的數量相當可觀，大多數原本是農夫或漁民，期望在臺灣產業萌芽發展之際來此謀求生路。

日俄戰爭之後，日本政府持續推行擴展輔助航線的政策，臺灣西南部的高雄逐步與香港、上海、天津、大連等中國各海港城市建立航運關係，甚至遠及馬尼拉、曼谷等地，呼應著「大日本帝國」的發展策略。

到了明治三〇年代後期，從日本經沖繩至臺灣的航線逐漸取消，因此另行開闢可直接聯結沖繩與臺灣基隆的沖臺航線。這條航線不同於昔日的日臺航路，乘客在簡陋設備之下，必須被迫忍受「煉獄之旅」。此後開通自大阪經沖繩至臺灣的航路，從沖繩經八重山群島抵達臺灣必需耗時長達五日。

我站在那霸港安謝碼頭上，此處是朝保和里里於大正八年（一九一九）搭船的地點。春天略為悶暖的南風，帶著些許感傷氣氛。從我的外祖父和母親在這個港口渡臺以來，已流逝八十二年歲月。

我二、三十歲時，曾到過亞洲和南美地區旅遊，當時明明有許多機會可以去臺灣，卻延宕至今才成行。或許內心多少有著一種想法，就是對於外祖父一家曾生活過的臺灣，想先弄清楚我對她究竟懷著怎樣的情感，然後再前往吧。

---

1 岩崎彌太郎（一八三五—一八八五），政治家，廢藩置縣後拓展海運業及設立三菱商會，對臺出兵與西南戰爭之際獨占海運輸送業務，自此獲得鉅富，成為三菱財閥發展之源頭。

2 大隈重信（一八三八—一九二二），佐賀藩士、實業家，致力推動財政改革及組織最初政黨內閣，創立東京專門學校（早稻田大學前身）。

目前從那霸到臺灣的渡輪，是有村產業的郵輪型渡輪飛龍號和飛龍21號。兩船皆從名古屋出港，經大阪、沖繩、八重山群島，分別駛往基隆和高雄。

我搭乘的這艘飛龍號是重達一萬六千四百九十四噸的大型渡輪，夜晚八時出港，大多數乘客是來自日本本土的年輕人，他們選擇搭船旅行的原因很簡單，由那霸前往八重山群島的船票價格僅是飛機票的幾分之一。我曾在十幾年前搭船去八重山群島，這次則要跨越更遠的「國界」，登船時，我輕觸一下口袋中的護照。

離港儀式簡單至極，只有播放《螢之光》（中文稱為《驪歌》）的錄音帶和廣播通知而已。輪船悠悠滑出海港，那霸市街通明燈火漸行漸遠，隨即航向闃黑汪洋。我倚著甲板扶手，沉浸在離港的感慨中，只見幾個年輕人正以手機傳送簡訊，這就是現代的旅行情景。走入可眺望海景的客房後，心情悸動依舊，我在船艙內漫無目的地閒蹓。這艘渡輪還算新，隨處可見閃閃晶亮的裝飾，這不是熱愛廉價船旅者所住的那種通鋪，而是單人單床的客艙。

我望見一群人在豪華渡輪角落裡躺臥休息，詢問之下原來是從那霸出發，將到石垣島工作幾個月的建築工。工頭年約四十幾歲，沖繩北部人，凡有承包離島的建築工程，他便在沖繩召集工人前往。眾人年紀從二十幾至年過六旬不等，出身行業各異，有些是來自日本本土。一位華髮略現的大叔是沖繩島北部人，以務農為業，今年農作物欠收導致生活拮据，只好暫時離鄉賺錢貼補家用。大叔說起還得繼續努力打拚，寄錢養活家人。

我愈談愈覺得親切，大家提議共飲幾杯，席地坐下便暢飲起來。工頭拿來的泡盛（沖繩特產烈酒）見了底，便叫年輕人再去自動販賣機買啤酒來。沖繩人的一貫作風，酒量好，聊得開心。喧鬧聲引來好奇者，幾位日本來的乘客也加入我們，有個青年拿起在那霸買的三弦琴撥弦把玩，炒熱歡樂氣氛。

搭船旅行就該好好盡興一番，我跟大夥兒有說有笑，終於引來身著制服的服務員，提醒我們十二點以前必須收拾乾淨，最後只好匆匆結束歡談。

渡輪抵達宮古島時，已是隔天凌晨四點多，停留到六點左右離開，到石垣島已是早上十點十五分。眩目的燦陽高懸在海平面上，八重山群島愈來愈近，水色愈是濃郁蔚藍，我站在甲板上眺著朝晨的海面。

前夜歡談的建築工人們在石垣島下船，我在甲板上揮手道別，他們整然有序站在碼頭上，彬彬有禮朝我一直揮手。我尋思著日後恐怕無緣見面，略感一陣惆悵。

乘客幾乎都在石垣島下船，繼而登船的是住在當地的臺籍乘客。大多數是中老年人，與先前船上滿載來自日本的年輕觀光客的氣氛大不相同。眾人你一言我一語，全講著中文

（正確來說，夾雜著北京話、閩南話、廣東話，我無從分辨）。這些臺籍乘客可能是買了伴手禮或者做生意的，幾乎全帶著裝滿貨品的瓦楞紙箱登船。

據說有四百名臺灣人住在石垣島，他們在此定居的原因與殖民統治史有密切關聯，若非這些臺籍移民，則沖繩農業難以發展。有關他們的移民發展史暫且留待後述，我還是先繼續這趟臺灣之旅。

離開石垣島之前，海關人員登船為乘客的護照蓋戳印，我的護照曾蓋過好幾個印章，但是這次在船上獲得的戳印，感覺上更顯得意義非凡。

渡輪在正午陽光下再度離港，船上餐廳傳來熱鬧的中文交談聲。即將抵達臺灣了，昔日必須耗時五天的航程，如今不到一天就將我送達目的地。

家母里里或許是經常往返於這條航路的旅客吧，縱然船速不同，她眺望的也是這幅同樣的海景。

基隆夜雨

當晚六點（與日本時差一小時），飛龍號駛入臺灣基隆港。廣播聲響起：「領航員已經登船，即將進入基隆港。」領航員這個名稱，對我來說，或許正是南風原朝保和里里。

雖然夜幕將至，此刻包圍著我的黯淡天色卻並非源於時間，這座城市不愧有「雨都基隆」之稱，落著靜靜細雨，湮濛了整座海港。裝卸貨物的叉車啟動，層層貨櫃堆積起粗獷的碼頭風貌，放眼四周可見連綿起伏的綠色山巒。

臺灣北部的港都基隆面朝東海，三面山勢環抱，豐沛雨水源自北上的溫暖洋流和季風，全年有三分之二是陰雨日。

年輕外祖父帶著幼小母親下船的港口，我也終於抵達了。聽說綿綿細雨是司空見慣，我倒覺得引人愁思。入境檢查迅速得令人傻眼，轉眼間辦妥後我便來到街上。

從港口到下榻飯店只需十分鐘路程，我放好行李後去了夜市。基隆市的平地僅占全市面積的百分之五，全部集中在港口附近。距港口最近的地區是繁華鬧街，白天整排店面做生意，夜裡拉下鐵門，換成可嚐海鮮的小吃攤位蜿蜒如龍，數量多達兩百攤以上。

攤位上懸著眩目的電燈泡，招呼客人的喊嚷此起彼落好不熱鬧。乾麵、湯麵、炸魚丸子、鮮果什物……。無數遊客往來穿梭其中。

菜餚的香氣確實誘人，我奔向攤子，拿起中文菜單適量地點了幾樣，端上來的是炒蝦仁和清炒魚片撒香菜，還有豐盛的鮮蔬湯。

春雨的溼潤氣息中，各桌輕柔傳來聊天聲，這裡正是臺灣。接下來這趟旅行將如何展開？我是否能尋回朝保和里里當年的生活足跡？我尋思著，從眼前盛滿「中華料理」的盤子夾起菜餚，在臺灣吃中國菜，望著小吃攤寫滿漢字的招牌，陷入了微妙的思緒中。

基隆有三面山勢環抱，地形與養雞的籠子相似，中國移民就將她取名為「雞籠」；與臺灣的漫長歷史比較起來，雞籠只能算是新地名。

遠古時代的臺灣與大陸相連，約在一萬年前才成為今日樣貌。根據《隋書》記載，可知中國自古就已知曉臺灣島的存在。

根據兩千多年前製造金屬器物的遺跡來推測，當時的居民應該是臺灣原住民的始祖。這些原住民屬於原始馬來人種，並未形成民族，大致分為泰雅族等九個部族，還有統稱為平埔族的凱達格蘭族和雷朗族等。各部族的源流並不明確，只知他們個別來自不同時期和地區。

原住民各部族皆有獨特的文化、語言、生活習慣，當時並無全島統一的政權，各部族分布於全島各地，主要以狩獵、捕魚、山田燒墾為生。基隆地區古來為原住民凱達格蘭族的活動區域，透過考古挖掘調查，才知道他們擁有鑄鐵技術，也懂得使用硫磺製造火藥等高度的文明發展。

中國人從元代開始渡海來臺，主要移民為漁民，他們起初在臺灣海峽的澎湖群島定居，明代以後移民逐漸緩增。當時的明朝政府並未將臺灣納入中央集權統治，就天朝中國的立場來看，臺灣無非只是「化外之地」（未受中國文化薰陶之地）而已。

十六世紀中葉，臺灣以「福爾摩沙」之名一夕躍上世界史舞臺。在西太平洋活動的葡萄牙人最早「發現」臺灣，並取名為福爾摩沙。

一五四四年，葡萄牙商船在臺灣外海航行時，發現這座綠意盎然、山勢雄偉的島嶼，據說葡萄牙人為這幅壯麗景色讚歎：「福爾摩沙（多美的島嶼啊）！」，此後航海圖上就將此島標示為「福爾摩沙」，臺灣的別名「美麗島」就是由葡萄牙語翻譯而來。其實，據說葡萄牙人在航行時，凡是見到美麗海島，都會發出驚歎：「福爾摩沙！」，在南非和亞洲至少有十座以上島嶼依此取名。

葡萄牙人於十六世紀入侵亞洲之後，荷蘭與西班牙亦不落人後，兩國皆覬覦臺灣這座島嶼。原因在於臺灣是與中國、日本、南洋、歐洲交易的中繼站，在地理位置上深具吸引力。

一六二四年，荷蘭人在臺灣南部登陸，建造熱蘭遮城和普羅民遮城。西班牙人則登陸臺灣北部，在基隆建造聖薩爾瓦多城。不久後，荷蘭人將西班牙人趕出臺灣，獨自實行統治長達三十八年，最早將臺灣視為單一國家而進行統治的正是荷蘭人。

中國人早在十五世紀就陸續渡臺，到了十七世紀突然加快移民腳步，其背景應與中國南方人口膨脹，以及明清政權遞嬗等政治因素有關。

當時正值「滿清」勢力抬頭，明朝備感威脅，逐漸倚重稱霸於東亞海域，擁有強大武力與資金的海盜首領鄭芝龍。鄭氏一族在中國史上堪稱是極為罕見的海上武裝貿易勢力，清軍入關後與鄭芝龍的軍隊在南京和福建等地交戰，鄭芝龍最終向清軍投降。

鄭芝龍曾在長崎與日本女子育有一子，名為鄭成功（一六二四－一六六二）。明朝覆亡之後，鄭成功以「反清復明」為號召，轉戰江南各地，最後移師被荷蘭統治的臺灣，期盼中興明室。一六六一年，鄭成功率領四百艘船艦和兩萬五千名士兵登陸，受到對荷蘭統治心懷怨忿的臺灣先民熱烈歡迎，不久後擊退荷軍，結束荷蘭人在臺統治。

鄭成功抵臺未及一年即病逝，他的抗清事蹟流傳至日本，江戶時期的人形淨瑠璃[3]作家近松門左衛門[4]以此為題材創作《國姓爺合戰》（初演為一七一五年），一時成為深受歡迎的作品。

鄭成功病逝後，其子鄭經致力開拓臺灣。跟隨鄭氏一族來臺者，除了軍隊之外，還有支持「反清復明」的文官隨行。但是，明鄭時期僅短暫維持二十二年就結束了。

繼鄭氏家族之後，清廷治理臺灣長達兩百一十二年，初期僅注意鎮壓反清勢力，並無意積極經營。中國移民在此時紛紛移入，持續開發臺灣，原住民被驅趕至山區或僻鄉，成為少數族群。明鄭時期臺灣僅有十幾萬人，兩百年後卻遽增至三百萬。

臺灣自十九世紀後期開始邁向動盪時期。

附帶一提的是「臺灣」的名稱由來，據說是源自於南部原住民西拉雅族稱外來客為「Taian」，故以漢字擬音而成。中國移民於萬曆年間（一五七三—一六二〇）紛紛渡臺，「臺灣」的名稱正於此時出現於文書中。當地原住民的命運正如受到這群稱為「Taian（外來者）」的歐洲人或中國移民，甚至是此後日本人所影響般，產生了顯著變化。

十九世紀以後，清朝勢力在西方列強入侵亞洲後漸趨式微，臺灣亦被捲入這場紛爭中。鴉片戰爭（一八四〇—一八四二）之後，法國覬覦天然良港雞籠（基隆），趁中法戰

---

3 淨琉璃是日本傳統說唱藝術形式之一，以三味線伴奏，人形淨琉璃則是以人偶取代真人演出，又稱為「文樂」。近松門左衛門曾創作一百齣以上劇本，奠定這項劇種的根基，並提出重要藝術理論「虛實皮膜論」。

4 松門左衛門（一六五三—一七二五），淨瑠璃和歌舞伎腳本作家，主題為武家歷史故事及江戶民情風俗，畢生創作豐富，淨瑠璃代表作有《曾根崎心中》、《心中天網島》等。

爭（一八八四—一八八五）之際攻擊雞籠及淡水一帶。

過去清廷一貫採取消極對臺政策，面臨外強侵略才改變政策積極統轄臺灣，強化行政區域配置並推動經濟近代化，開始鋪設鐵路。我目前所在地的基隆港，也是一八八五年臺灣設省之際，為了將基隆建設為防禦歐洲列強的海上貿易基地，才將「雞籠」改名為「基隆」。

清廷在中日甲午戰爭（一八九四—一八九五）敗北後，臺灣被迫割讓於日本，此後臺灣的命運面臨巨大轉變。

明治政府於明治七年（一八七四）出兵臺灣後，正如前述般企圖解決琉球歸屬問題和入侵臺灣。鴉片戰爭以後，在歐美各國虎視眈眈企圖占領臺灣之下，日本也積極著手進軍臺灣。

清廷派兵鎮壓朝鮮東學黨之亂，此舉成為引發甲午戰爭的導火線，日本及時以保護居留民的名義出兵。明治二十七年（一八九四）七月豐島海戰結束後，日本在八月對清廷宣戰，在平壤、黃海、大連等地連戰皆捷。明治二十八年三月，日軍占領臺灣西部的澎湖群島，四月簽訂《馬關條約》。清廷將臺灣割讓於日本，日本政府任命海軍大將樺山資紀[5]為臺灣首任總督，同年五月樺山等官員赴臺，與北白川宮能久親王（一八四七—一八九五）所率領的近衛師團在沖繩中城灣會師，擔任軍醫監的森鷗外也參與此行之中。

同年六月，日本占領軍自臺灣基隆登陸，臺灣民眾群起強烈抵抗。至同年十月宣佈全臺平定為止，包括北白川宮能久近衛師團長在內，共有四千五百多名戰死和病歿者，在臺灣方面，戰死及遭殺害的民眾據推測有一萬四千人。

日本統治臺灣後，漢人武裝集團和山區原住民激烈抗爭不斷，武力鎮壓實際上持續至大正四年（一九一五）。

如此情況下，日本殖民政府在臺灣展開統治。

日本治臺之後，基隆成為軍事和產業要港，明治三十三年（一九〇〇）正式展開建港工程。基隆港聯繫日本和中國南部、南洋群島，歐洲大型船舶在此靠港，並開啟通往菲律賓和紐約的航路。

細雨濛濛的基隆，我懷著複雜思緒面對這片土地蘊宿的歷史，此處是外祖父和母親最初踏上臺灣的地點。何況對沖繩人而言，基隆是關係密切之地。我決心明晨去探訪在基隆

5 樺山資紀（一八三七－一九二二），薩摩藩士，曾參與征臺之役，甲午戰爭時任海軍軍令部長，以武官身分受命為臺灣首任總督。

生活的沖繩人。

隔日早晨，依然飄著細雨。

社寮島旅情

「到了基隆，不妨跟余振棟先生見面吧。」就在臺琉史學家又吉盛清先生的事先介紹下，我決定去造訪這位臺籍人士。六十九歲的余先生是基隆人，對日治時期記憶猶新，我立刻致電給他，余先生以流暢日語說道：「十五分鐘後在市政府前見面。」爽快答應的態度真令我受寵若驚。

我站在昭和七年（一九三二）建造的基隆市役所（今基隆市政府）前等候，外型魁梧、嗓門洪亮的余先生不久即現身。他是地方政府機構的主管，俐落指示市政府職員將早期基隆市地圖影印給我。那是一張日治時期的基隆鬧區地圖，詳細記載著店舖名稱。

「這是以前住在基隆的日本人憑著記憶繪製的地圖喔。」

說起舊時的日式街名，是指日新町和義重町一帶，也就是目前基隆市政府附近地段。當時有吾妻料亭（傳統和食店）、平戶食料品店、笹森ガラス（玻璃行）、田中芝居小屋基隆座（傳統日式小劇院）、長尾疊店（榻榻米店）等，光是日本人經營的商店就多達三百間以上。店家皆朝大路方向開設，門面寬廣，由此可略知日本人昔日在此的風光生活。

如此讓我深切體會到，原來所謂的日本殖民地就濃縮在這張地圖中。繪製這張地圖的日本人想必是對此地留著深刻印象，即使離臺數十載，仍能輕易重現這張地圖。地圖上有一塊區域寫著「競技廣場」，標示為舉辦大相撲的基隆場所。還有日新小學校的大溜滑梯、臺灣銀行分行前的兩棵細葉榕，不忘分別註明「好爬」和「難爬」。

此人恐怕是在幼時就跑遍了基隆大街小巷，透過他的眼睛才能描繪出這幅地圖吧。

「這附近只有日本人開店，臺灣人的店鋪在別處。這一帶在戰後日本人歸國之後就沒落了，現在的鬧區在別的地方。」

余先生的父親曾在這條街上經營冰店，余先生幼時會幫忙送冰品到料亭和食堂。

我問他可曾記得住在基隆的沖繩人。

「當然記得，以前有好多沖繩人住在這裡，幾乎都是漁夫。社寮島就聚集好多沖繩人，要不要去一趟？」余先生說著便吩咐市政府的年輕職員備車，對我說：「好了，我們出發吧。」余先生無論做任何事都很講究效率。

社寮島如今更名為「和平島」，是周圍僅一公里的小島。這個島嶼距基隆中心地帶僅約十五分鐘車程，位於基隆港東側，藉由路橋與市街相連。

余先生在途中停車介紹說：「這裡是我以前就讀的真砂小學校。」此處距社寮島並不遠，學校在幾年前重新改建，昔日曾保留日治時期的木造校舍。

不知何時余先生把校長也喚來，反正大家先拍個紀念照再說。年輕的校長表示對日治時期並不清楚，但根據余先生的說法：「真砂小學校只有日本子弟就讀，也有少數沖繩人，許多在社寮島生活的沖繩籍子弟無法上學。」接著取來畢業生名冊，只見某學年的五十名學生中，沖繩學生就高達十餘名。沖繩人幾乎全聚集在社寮島生活。

「沖繩人只跟自己同鄉們打交道，大家生活很清苦。」

我聽余先生說起「社寮島」這個地名時，想起一篇散文，是佐藤春夫的〈社寮島旅情記〉。

佐藤春夫（一八九二—一九六四）是以幻想及耽美風格著稱，以《田園的憂鬱》等作品為人所知。大正時期以後，佐藤春夫數度來臺，著有《殖民地之旅》等紀行文學。以臺灣為題材的作品中，以短篇志怪小說《女誡扇綺譚》（一九二五年發表）為秀異之作，獲得極高評價。

佐藤春夫來臺有一段原委：「佐藤春夫於一九二〇年（大正九年）六月下旬前往臺

灣。這趟旅行深切意味著佐藤想逃離與谷崎潤一郎[6]、谷崎之妻千代子之間三角關係造成的內心鬱苦。」（川西政明《昭和文學史》）。

日治時期的臺灣對日本作家而言處處新鮮驚奇，充滿異國風情，可喚醒心靈自由，正如佐藤在文中的自我剖白：「這趟旅行是為了在臺灣山間放浪。」臺灣總督府將大量招聘作家來臺視為文化政策之一環，作家們則扮演著讓日本民眾了解殖民政府對臺治理績效的角色。

佐藤春夫所著的〈社寮島旅情記〉並未收入個人全集，創作時間也不可考（峰矢宣朗編《南方憧憬》），但從此文可了解住在基隆的沖繩人樣貌，以及日本人眼中的沖繩人形象。

「回憶起來，已是近二十年前的事」，這是〈社寮島旅情記〉的開端，某名男子剛抵達基隆時，他的朋友邀約：「反正基隆沒什麼可瞧的，怎麼樣，要不要去那座島上納涼？小島山腰上有琉球人聚落，不過，除了喝點泡盛、聽聽蛇皮線（三弦琴）之外，可是無聊

6 谷崎潤一郎（一八八六—一九六五），小說家，作品中常描寫日本傳統之美，以呈現官能及耽美風格為主要特徵，代表有《癡人之愛》、《細雪》、《春琴抄》等。

至極喔。」

男子們坐著稱為「舢板」的小船渡往社寮島，走入掛著酒家招牌的店內，裡面有兩名陪酒女子，「專門接待船員或來自琉球的漁夫」。

其中一段如此描述：「生著一張圓臉、膚色黝黑透頂的丫頭，照樣繫上那種傳統細腰帶。」這兩名女子應該是沖繩人，她們彈奏「蛇皮線」，唱著民謠，歌詞是沖繩古語。男子聽在耳裡十分無趣，他給了兩女適當賞錢，連端來的蒸魚也懶得下箸就離開了。離開酒家後，男子去觀看漁民的祈拜聖域，望見樹林中的紅石榴美如夢幻，感到陶然心馳。文章結尾是這麼寫的：「我在這座小島上，只不過逗留人生中的一個半小時，歷經十載後，卻有南柯一夢之感。」

從佐藤春夫這篇作品來看，可發現沖繩人的生活方式與鬧區經營商店的日本人並不相同。根據又吉盛清的調查，明治三〇年代有沖繩人在基隆經營三間商店，臺灣各地亦有招攬「琉球女」的遊廓。

昭和一〇年代，據說沖繩人在臺灣只有十幾處聚落，分別位於社寮島、蘇澳、花蓮等地。其中又以社寮島聚落的規模最大，全盛時期超過五百人，主要是漁民在此定居。

最早遷來社寮島定居的是沖繩久高島的漁民，約在明治三十八年（一九〇五）來臺。

尚未劃定「國界」之前，沖繩漁民並沒有所謂的「海外」意識，純粹是積極尋求廣闊漁場。從僅存的渡臺記錄來看，明治二十八年（一八九五）有一批來自沖繩系滿和八重山的漁民乘坐小漁船抵達基隆，採集一種稱為天草的海藻，停留時間將近半年，很可能是從琉球王國時期就開始這麼做了。

日本殖民政府統治臺灣後，開始注意這片資源豐富的漁場。明治四十一年（一九〇八），臺灣總督府獎勵日本漁民遷居來臺，大正、昭和時期陸續推行這項政策。來自日本本土的漁民，從明治三十三年（一九〇〇）的一百四十六人開始漸增，明治四十三年（一九一〇）為七百五十四人、大正十年（一九二一）為二千四百九十七人、昭和元年（一九二六）為四千二百三十人（《臺灣總督府統計書》）。

關於社寮島上沖繩漁民的記載，可參照又吉盛清的《日本植民地之下の臺灣と沖繩》一書，裡面有詳細說明。

根據此書所述，來自久高島的漁夫內間長三（一九〇一—一九五三）曾對臺灣人傳授撈捕方法，就是所謂的「潛水叉魚」，這是沖繩特有的傳統技術，漁夫持魚叉潛入海底捕捉蝦、烏賊或章魚等，再將魚簍沉入海底撈取捕獲物，這種方法稱為「籠漬」。內間長三的豐碩業績，成為社寮島流傳已久的奇妙故事。

臺灣漁業在日治時期以前確實並不發達，根據臺灣總督府發行的《昭和十七年版臺灣事情》所載：「多為臺灣本島百姓，皆來自中國農商之後，畏海而鄙漁，日本領臺後，水產唯以養殖業為盛。」

來自久高島的內間長三不會講閩南語，是藉著久高方言（在沖繩方言中以難解而著稱）教導捕魚，據說不久後有些臺灣人漸能理解久高方言，可知雙方已維持深厚關係。其實沖繩人與社寮島的臺灣居民可說是關係十分密切。

沖繩人一貫維持故鄉的風俗和習慣，例如各季節傳統慶典、村戲，或者漁民在夏季慶典活動時划著稱為「爬龍」的獨木舟來競賽，這是源自於中國傳入沖繩的習俗，臺灣人和沖繩人皆熱中龍舟競賽。

對於渡臺沖繩人來說，社寮島的沖繩人聚落是提供同鄉居住的避風港。在沖繩的建築工人和女僕等來臺人數遽增之下，聚集在這個聚落的人口也逐漸增加。嘗試前往臺北或臺中、臺南等中南部地區的外出工作者，在此短暫居留。有些人遭仲介者欺騙，甚至淪為乞丐。（又吉盛清《日本植民地下の臺灣と沖繩》）

小學裡面則出現日本人謾罵沖繩人是「琉球人」[7]，甚至對生活貧困的沖繩人表示輕蔑之意。就孩童觀點來看，沖繩人也是在日本人、臺灣人的夾縫中求生存。

史丹佛大學的馬克・畢提[8]是研究日本殖民主義的權威，在著作《植民地　帝國五十年の興亡》之中，對於在殖民統治下的南洋諸島生活的沖繩人的定位問題有如下分析：

> 沖繩人與日本移民之間產生許多微妙分歧。（略）其中尤其受關注的是沖繩的下層民眾。（略）日本本土民眾對沖繩人的禮節及獨特語言、生活形態等皆感到驚奇。沖繩人特有的喧騷、粗野言談，以及貧乏身分，皆令本土民眾大為驚異，甚至產生輕蔑感。

對此說法，我以沖繩人的立場想提出反駁，沖繩文化原本與本土相異，是日本人以「琉球處分」方式強行統轄沖繩縣政，許多沖繩人基於嫌惡這種統治，才造成許多海外移

7 稱「琉球人」，表示不認同對方同為日本國民，視之為南方落後島夷。

8 馬克・畢提（Mark R. Peattie）專研近現代日本軍事、海軍、天皇制度史。

民。

沖繩人的歷史文化與在臺日本人相異，或許才與社寮島的臺灣人形成相融共存的感情吧。

我問余振棟先生是否認識一些沖繩人，他答道：

「有一位姓知念的老人曾經營食堂，我記得他是個大酒豪喔。沒錯，比起日本人，沖繩人確實跟我們更親近呢。」

不久抵達社寮島，我向余先生告別之後，獨自在島上漫步。昔日漁業繁榮的小島已逐漸沒落，港口附近繫於岸邊的漁船多半老舊斑駁。此時此地正是典型的午後漁鎮，有幾分悠然閒情。老舊的木造民宅幾乎全被拆除，島上盡是混凝土建造的公寓。

走上蜿蜒而狹窄的坡道，眼前突然出現金光閃閃的世界，我感到不可思議，原來是一座祭祀海神的廟宇，裊裊香煙繚繞。

據說沖繩人的聚落位於社寮島西南方，如今成為大型造船廠，不見絲毫舊聚落的痕跡。社寮島不僅有久高島漁民，還有八重山群島、沖繩島系滿的漁民相繼來此定居。隨著人口增加，出現四間沖繩人經營的料亭，許多沖繩婦女來此工作，佐藤春夫當年去的應該就是其中一家吧。這些景象也蕩然無存。

沖繩漁民在昭和二十年（一九四五）戰爭結束後，幾乎全部撤離返鄉。有一位與臺灣女子結婚的老者，妻子離世後獨自留在社寮島生活。我想尋找他詢問昔日當地生活，最後仍不知其行蹤。

離開社寮島之前，我來到港口附近，此處是漁民集會場所，老人們群聚閒談。不久一艘小漁船進港，開始販售現捕的鮮魚。我滿懷好奇眺望著，老者們前來招呼，我在便條本上寫幾個漢字表示來自日本，立刻有一位會講日語的老者上前說：「妳從日本來嗎？我有許多朋友是日本人。」

臺灣在日治時期徹底推行日語教育，像余先生或這位老者般，到晚年仍能脫口說出幼時學習的語言，令我不禁陷入複雜情緒中。

（根據大正十一年、亦即一九二二年公布的第二次臺灣教育令規定）政府試圖修正原先採行的雙軌式教育學制，減少在臺日本人與臺灣人在教育上的差別。規定初等教育階段中「常用國語者」可就讀小學校，「不常用國語者」則就讀公學校，使部分臺灣學子有機會進入小學校受教；並規定中等教育階段實施共學制。這個措施大致上讓能講流利國語（日語）的臺灣人，在某種程度上可與日本人受同樣的教育。

殖民政府此時的對臺教育方針是「與日本國民相融無別」，最大目標是與日本人同化。戰後日本人撤離之際，據說臺灣人的日語普及率高達百分之七十一。

（駒込武《植民地帝國の日本文化統合》）

這並不意味著臺灣人對日語有親切感，只是將日語視為一種「語言」而已。對臺灣人來說，學習日語純粹是為了「生存所需」。

這位會講日語的老者告訴我，他是自幼生長在社寮島的漁民，如今已不出海，過著悠然自適的日子。他表示對社寮島的沖繩聚落毫無印象，來港口只是想買魚作為晚餐菜餚。我們一起走著，他介紹在食堂工作的女兒。女兒對我微微一笑，順便提醒老父親：「趕快回家喔。」老者提著在港口買的魚，指示我去搭乘往基隆市街的公車，臨別時說了一句：「莎喲娜啦。」

這句「莎喲娜啦」的餘韻，讓我強烈感受到老者的語言習慣與他幼時的記憶難以切割。這些日語背後確實存在著殖民主義，老者講的日語，必然成為他生命軌跡的一部分。即使是被迫學習，久遠以前習得的日語已屬於老者自身所有。

我想起了久高方言，就是那位來自沖繩久高島的漁夫，在社寮島憑著家鄉話溝通，由於社寮島的臺灣漁民想要學習久高的捕魚方式，後來也學會了這種方言；換句話說，是為了生存而主動去理解的語言。當時久高島與社寮島的漁民不單是有共同的漁業術語，平常交談時，應該也會使用久高方言寒暄或表達喜怒情感。如此說來，我想起久高島流傳一個神話，就是琉球群島最早是從久高這座島嶼開闢天地。琉球的神明是否聽見在臺灣的小島上講述的方言呢？「莎喲娜啦」，我也低喃著。港灣的風輕輕撫上面頰，雨何時已止息。

次日基隆難得一片青空。

殖民大道

我終於來到基隆車站，即將前往外祖父和母親住過的臺北。

基隆車站堪稱是臺灣鐵路的起點。臺灣鐵路的歷史始於清朝派遣的首任臺灣巡撫劉銘傳（一八三六—一八九五），劉銘傳是洋務運動的擁護者，至今仍有「臺灣近代化之父」的稱譽。

劉銘傳在中法戰爭之際奉派來臺，當時法國以武力入侵臺灣，攻擊基隆一帶。這場侵略戰爭讓清朝重新關注臺灣，劉銘傳得以在此積極推行新政建設，著手各種近代化事業，進行土地及人口調查以確立租稅徵收制度，成為日治時期人口與土地調查的基礎。

劉銘傳除了推展教育、新式郵政、廣開航路之外，並以新加坡唐人街為藍本，整頓台北城內街道，規定建商需履行設置騎樓（亭仔腳）的義務。他將鋪設鐵路視為當務之急，對海防、商業和全臺發展尤其深具意義。一八九一年，基隆至臺北路線開通，兩年後延伸至新竹。續任巡撫對鐵路建設卻意興闌珊，以致後續計畫無以為繼，直到日治時期首位臺灣總督樺山資紀上任後，才著手整頓鐵路事業，對劉銘傳而言可說是十分諷刺。樺山資紀於明治二十八年（一八九五）就任總督後，向日本政府提議盡速在台灣全島興建鐵路。

樺山資紀積極推動的工程建設，分別是鋪設縱貫臺灣南北三百二十二公里的鐵路，以及興建基隆港。實際上，南北縱貫鐵路是在十三年後的明治四十一年（一九〇八）完成鋪設。

全臺鐵路網在日治時期不斷擴充，起初僅作為軍事用途，繼而在精糖和煤炭等產業運輸上亦發揮重要功能。

我思索著臺灣鐵路史的發展軌跡，在基隆站售票口購票準備前往臺北，票價換算成日幣大約是一百多日圓，車程還不到三十分鐘。外祖父和母親在基隆港下船後，可曾看過這段鐵路沿線的風景？我沉浸於感觸中，火車隨即駛離了月臺。

外祖父和母親於大正八年（一九一九）從基隆前往臺北，七年後有一部回憶錄《祭魚洞雜錄》問世，同樣描寫此路線的景致。我相信這段描寫與外祖父眺望的風景大致相同。這部回憶錄的作者澀澤敬三（一八九六—一九六三），是日本資本主義催生者澀澤榮一[9]的孫子。澀澤榮一與岩崎彌太郎為宿敵，岩崎就是出兵臺灣時獨占軍需輸送的財閥，澀澤敬三卻娶了岩崎的孫女。敬三曾擔任日本銀行總裁，以慷慨贊助宮本常一等學者的民俗研究而知名。

大正十五年（一九二六），澀澤敬三與表兄石黑忠篤來臺旅行，在《祭魚洞雜錄》中記述這段旅程：

> 我的希望之車穿越比想像更為狹窄的山間谷道，朝著臺北前進。眺望窗外，百姓在剛插秧的綠田裡除草，雨絲疏疏落落中，牛兒歡喜待著。可見白鷺和雙頰透點薄茶色的一杯鷺——石黑先生說，這鷺鷥的臉就像淺酌一杯的模樣，

9 澀澤榮一（一八四〇—一九三一），參考西歐近代產業和經濟制度，著手改革及制定日本金融、財政制度，創立第一國立銀行（第一勸業銀行前身），亦致力於推展社會福祉和文化教育事業。

故得此名——在綠田裡點點而立。若非蒸汽火車轟隆疾駛而過，這就是一幅靜謐無息，梅雨細綴的山間田景。穿過幾重隧道來到朗闊平地，此處是臺北平原，真可謂寬廣豁達。自基隆乘火車，四十分即可抵臺北站。

這段優美文字描述了從基隆至臺北沿路的綠意盎然，幼時的里里是否也望見窗外的白鷺？如今鐵路沿線上只見樓房林立而已。

我終於抵達臺北車站，這是棟地上六層、地下四層的大樓建築。今日的車站位置是在日治時期舊車站的東側，除了地點改變，車站內的氛圍和周遭環境也完全不一樣了。站前有臺北最高的四十六層摩天樓，是商店、餐飲店和旅社雲集的熱鬧商業街，人潮熙熙攘攘，車流往來迅速，年輕人打扮時尚引人注目。

澀澤敬三在前述的散文中，抒寫對臺北的最初印象：

自總督府高塔眺覽四方，細葉榕、相思樹等翠樹茂密，果然繁榮。道路、排水、家舍皆東京所未及。官民為此洋洋自得，亦有幾分道理。

臺北車站周邊數百公尺的區域內，目前是總統府、司法院、立法院、國防部等政府機構所在地，保存許多日治時期的寬闊街道和老建築，可遙想昔日風景。

沿著臺北車站前直線延伸，寬達四十公尺的大道走去，路旁的綠化地帶種著椰子、檳榔、蒲葵等南島熱帶樹，高聳林立。里里說的「好寬好大的街」就是這裡吧，她可曾在這條路上走過？我彷彿看到朝保和里里的背影。臺北一片晴朗，燦陽眩目照耀著，站在樹蔭下感到息息涼風吹來。

繼續往前走，磚造建築總統府以高塔為中心，聳然矗立於眼前，這就是昔日的臺灣總督府。舊時的臺灣總督官邸依然保存在一旁，還有臺灣總督府專賣局、臺灣博物館和臺灣銀行，都是氣派莊嚴的日治時期建築。這條大道和建築物，正足以代表總督府為積極宣傳「殖民地臺灣」之目的而設計的人工都市。這條街道對外扮演著櫥窗角色，顯示大日本帝國與歐美列強並駕齊驅，同樣擁有經營殖民地的實力。

明治二十八年（一八九五）臺灣成為日本領地之際，規畫三處稱為臺北市街地的區域，其中一處是位於臺北西側的臺北城。所謂臺北城，是滿清政府於明治十七年（一八八四）所建的行政官廳，以及周邊四．六公里城廓之內的城內地區，這是清廷受到日本出兵臺灣的刺激，防衛意識高漲之下的產物，落成十一年後卻遭攻占臺北城的日軍所摧毀。日軍在城內設置臺灣總督府，並舉行「總督府始政式」。

廢藩置縣之際，明治政府以舊藩的「城」為統治據點，如此手法不僅在日本各地實施，琉球亦同樣採行。目的在於利用「城」的權威，加深民眾對新統治權力的印象，在臺施政也基於此項準則。

除了臺北城之外，另外兩處市街地是大稻埕和艋舺（今萬華），這些繁華街區是大陸移民在十八、十九世紀來臺後，以在地產業發展形成的商業區。除了這些區域之外，臺北土地仍以旱田或荒地、沼澤地為主。

明治二十八年（一八九五），日本統治臺灣未久，隨即將總督府廳舍設於城內。統轄全臺的總督府是以清代官衙所在地的臺北「城內」為統治據點，並按照職務性質接收舊官衙來使用，進而改善建築內的裝潢設施和衛生問題。

至於奠定臺灣都市計畫基礎的人物，則是第四任臺灣總督兒玉源太郎[10]於明治三十一年（一八九八）起用的民政局長，亦即日後的民政長官後藤新平（一八五七—一九二九）。

後藤新平原本為醫界人士，明治十六年（一八八三）擔任內務省衛生局御用掛，年僅二十六歲即在政壇展露頭角，此後在德國慕尼黑大學取得博士學位。返國後擔任內務省衛生局長，在甲午戰爭結束後如期完成了替二十三萬名返國士兵檢疫的任務，工作績效深獲兒玉源太郎肯定。後藤以四十一歲之壯齡，在渡臺後擔任要職，地位僅次於總督。此後歷任滿鐵總裁和外務大臣之職，並曾任東京市長。

後藤新平就任民政長官後，招攬新渡戶稻造[11]來臺擔任農業開發技師，總督兒玉與後藤、新渡戶聯合形成「三頭政治」，為日治初期的臺灣開拓者，並積極延攬賢能建立技術官僚體制。

後藤新平深受達爾文「進化論」的影響，認為國家是由「個人」分子所組成的「有機體」。對於殖民地，提倡應採取以「生物學原理」為原則的治理方針。在後藤思想中根深蒂固的所謂生物學原理，意味著治理殖民地之際，應重視當地在昔日已有的民情習俗。後藤新平以比目魚和鯛魚為例來說明：

10 兒玉源太郎（一八五二—一九〇六），德山藩士、陸軍大將，出任臺灣總督之際，亦擔任日本國內軍政要職，此後擔任日俄戰爭滿洲軍總司令部總參謀長等，屢建功勳。

11 新渡戶稻造（一八六二—一九三三），農業學者、經濟學者，受命擔任臺灣總督府技師兼代理殖產局長，積極獎勵甘蔗栽培及生產。

比目魚雙眼皆在頭部同側，鯛魚眼睛位於兩側，比目魚的眼部位置是如此奇特，無法修正成與鯛魚一樣，而這種特殊的眼部位置就是基於生物學原理所造成。同樣情形亦可見於殖民地統治，未開化國家保存固有社會習慣和制度，絕不適於驟然改變成文明國家制度，應仔細調查固有舊習後再決定施政方向。

後藤新平斷然表示「臺灣應成為殖民統治的實習地」之後，對臺灣社會徹底展開調查，其結果對日後建立近代警察制度和改善衛生、確立教育系統等皆有助益。在此我將焦點集中於後藤新平推動的都市計畫。

後藤新平上任後，試圖讓「蒙昧南島文明化」，開始著手建設講求衛生的都市。據說後藤執政當時全臺瘧疾和鼠疫蔓延，衛生情況惡劣。後藤來臺就任之前兩年，就曾與日本內務省聘僱的蘇格蘭技師威廉・巴爾頓（一八五六－一八九九）一起來過臺灣。巴爾頓於明治二十年（一八八七）抵達日本，是所謂的「御雇外國人」，他最著名的事蹟是設計了日本第一座配備升降電梯的高塔式建築「淺草凌雲閣」（通稱「十二階」）。巴爾頓的專長是衛生工學，來臺後採取巴黎暗渠式與新加坡開渠式的雙重方式，規劃出一般水道和下水道系統設計，是當時日本尚未引進的新技術。

後藤新平擔任民政局長後，立即設置臺北市區改正委員會，預估未來人口數，決定計畫區域範圍，然後拆除臺北城廓，在城廓基地上鋪設有行道樹的寬廣道路，這條道路正是我來臺北後漫步過的三線道（車道和白線步道共三線）。

舊臺北城的城廓周圍原本有城門，只拆除其中一座，其餘四座當作地標紀念物保存，接著整頓南北及東西向幹道、設立公園等，都市計畫的施行內容反映出後藤新平的思想。後來又制訂了城內區域都市更新規則，凡是面向主要道路的三層樓以上建築物必須採用耐燃建材，欄杆和窗戶高度需整齊一致，甚至採用清末巡撫劉銘傳推行的政策，在道路兩旁的建築均普設騎樓。這樣的都市計畫內容比日本本土更為先進，令人感受到臺灣總督府積極治理殖民地的魄力。

南風原朝保和里里抵達臺北時，正值日本殖民政府推展道路建設，大舉興建各式建築的時期。臺北市的工地內槌響此起彼落，街道上欣欣向榮，相信朝保父女對眼前的都市景象應該會瞠目結舌，發出驚歎吧。他們在這條大道佇足的時候正是大正八年（一九一九），也就是臺灣總督府落成之年，這棟建築已成為日本統治臺灣的象徵。

興建臺灣總督府時，後藤新平提議應該公開徵選設計圖。審查委員長由總督府土木局局長長尾半平擔任，審查委員包括了以設計東京車站而聞名的辰野金吾（一八五四－一九一九）等人，最後決定採用辰野的直屬弟子長野宇平治的設計案。據說，在長野的原始設計中，中央塔樓比日後建造完成的高度更低。

總督府的細部完整設計是由總督府營繕課的森山松之助擔任，森山改變了中央塔樓的高度，裝飾也比原圖更為華麗，據說這是受到建築界巨擘辰野金吾的影響。辰野金吾經常使用紅色磚瓦結合白色岩塊做設計，塑造出所謂「辰野式建築」的特殊風格，森山松之助也習慣於使用這種設計風格。森山任職於總督府後，臺灣建築顯得更為華麗，至今全臺各地仍保存許多出自森山設計的建築。

總督府歷時七年歲月才竣工，這是一座占地一萬八千坪，高度一百二十八公尺，縱深七十七公尺的雄偉建築，堪稱日本殖民時期文藝復興式建築的代表。

都市學家越澤明發表過許多關於殖民地都市計畫的專著，他有以下描述：

後藤民政局長時期進行的總統府廳舍、總督官邸、林蔭道、公園、醫院等政府機構和公共設施，其建築之氣宇恢弘，甚至不符合殖民地應有的形象。若將這種施政視為臺灣統治的威權象徵，其實只局限於某一層面理解而已。後藤新平試圖讓一般日本民眾願意在臺定居，甚至對中日兩國人民顯示，他正透過整頓社會資本來表示投入經營和開發臺灣的決心。(〈臺灣、滿州、中國の都市計畫〉,《滿州國の都市計畫》)。

接下來,我必須去訪問臺北的「辰野式建築」,就是大正五年(一九一六)建造的「臺北醫院」(今臺灣大學醫學院附屬醫院)。

這間醫院占地二萬七千坪,擁有一流醫護人員,堪稱是「東洋第一」的醫療機構,尤其在熱帶病理學方面,日本醫界權威皆萃聚於此。這間綜合醫院可一次供應五百人份膳食,名聲遠揚海內外。

臺北醫院的設計者是總督府營繕課技師近藤十郎,他深受森山松之助的風格影響,同樣是屬於採用紅磚和白岩的辰野式設計,入口處以一排柵欄圍成寬廣車道。

其實從《臺灣官紳名錄》之類書冊的記載中可得知,南風原朝保自沖繩來臺後,第一步就是在臺北醫院行醫,最初受委派在內科任職,從醫療人員開始歷練,按部就班自然晉升,不久改派臺北州檢疫醫、臺北高等女學校校醫,逐步奠定醫師的地位。

朝保年輕時行醫的臺北醫院,現在是一棟被高聳林木圍繞的磚瓦建築。我登上悠然緩升的斜坡,朝正面玄關走去,大廳的天井高達四、五公尺,鋪石地板晶亮閃爍。續行步入中央長廊，可望見一排有沉重木扉的單科診間；再往前走，可從長廊窗戶窺見建築物圍成的中庭。這間醫院於大正十三年（一九二四）大幅度改建，不斷擴建內部後成為今日的複雜結構。

朝保大概仰視過這座大廳。走過這片光滑地板，想到年輕的外祖父曾佇足的地點，如今身為孫女的我也在此，霎時體會了超越時空的奇妙感。

朝保究竟是以何種心情置身在這間醫院中？一個沖繩貧村裡的沒落士族後裔，刻苦學習後遠赴東京，在東京造訪森鷗外，美麗的嬌妻夏子成為新劇演員，短暫幾年旅居俄羅斯。妻子不幸早逝，他卻帶著遺女里里來到臺灣，朝保此時年僅二十六歲，相信他在「東洋第一」的臺北醫院工作，已充分感受意氣風發的喜悅。

當時朝保住在臺北何處？從大正十一年（一九二二）版《帝國醫師名簿》的臺北州條目下，可找到南風原朝保的姓名。根據名冊記錄的住址，是「東門外醫院官舍」。官舍位於以東門市場為中心的地段，許多總督府各機構的官員宿舍皆在此處，周圍有一排排日式木造住宅，年輕的朝保就居住在某個角落。

里里窗前的景色

還有一個我非去探訪不可的地方。

朝保來臺第五年的大正十三年（一九二四），私人醫院「南風原醫院」開業了，地址是臺北市兒玉町二丁目三十三番地[12]。朝保全家在這間醫院住到戰爭結束，里里在此度過多愁善感的少女時期。常聽里里說起這間醫院的舊事，我手邊保留的相簿中，有許多是在南風原醫院拍攝的照片。臨街木造兩層樓，三扇大窗面向街心，是一棟和洋混合式的可愛屋舍。

攝於醫院內的照片中，有一張寫著「爸爸研究室」，木桌上排列著試管和量杯，里里在窗畔，背景可見到鄰家屋瓦頂。小里里坐的那張古典座椅有曲線玲瓏的椅腳，以及地上的波斯風地毯花紋，皆清晰拍攝出來。另一張背景是在玄關前面，朝保與一群白衣青年合影，前面停放一輛漆黑汽車。

南風原醫院是否依舊存在？

12 兒玉町的範圍涵蓋今日的南昌街、湖口街、南海路、寧波西街、福州街。

我來臺灣之前，在沖繩與幾位學者見面，詢問有關南風原朝保的過往。他們聽過朝保之名，當我詢問醫院是否還在，卻紛紛回答：「不，應該拆除了。」、「聽說幾年前還留下醫院外牆……。」

我想他們說得沒錯，八十多年前蓋的木造房舍不可能保留至今，我卻執拗地想去探訪醫院舊址，或許可見到里里每天眺望的街景。

兒玉町二丁目三十三番地，現址是中正區南昌路一段三十一巷九號。在此補充說明的是臺北市街從大正十一年（一九二二）開始皆改為日式名稱，就像「兒玉」這個町名，是取自第四任臺灣總督兒玉源太郎的姓氏，其他街町也多半以歷代總督或天皇、皇族的名稱命名。

若想前往南風原醫院，必須從臺北車站沿著正前方筆直的大馬路前進，左側可望見占地兩萬坪的新公園（今二二八和平公園），這裡原本是當地居民信奉的天后宮，日本治臺後將它拆除改成公園。行經右側的臺灣總督府等建築群之後，我在另一條大道交會口左轉，眼前出現了被圓環圍繞的臺北城南門。南風原醫院應該就在離城門不遠的某個角落。

大概就是這裡吧，我認定的地點是個工地，正在興建十幾層高樓。果然為時已晚，醫院早已蕩然無存。我取出南風原醫院的照片，向工人和附近商家的老者詢問：「看過這間日本人開的醫院嗎？」大家只是頻頻搖頭。

不知何故我就是不肯輕易放棄，過了幾天，我又來到這裡，爬上工地鷹架仔細眺望周圍每個角落，想找出醫院曾經存在的痕跡，結果毫無斬獲。我一面持續向四周眺望，一面開始考慮放棄。

有名男子察覺我的行徑十分詭異，他站在工地後方的狹窄巷道裡，注視我的一舉一動。他的所在位置被高牆擋著，我無法看清楚牆後是什麼，感覺像是一座古民宅。男子終於語帶惱怒責問我，在那裡鬼鬼祟祟做什麼。

——我不是什麼可疑分子，我是日本來的觀光客。我的外祖父在戰前曾在這裡經營醫院，我只是想來探訪舊地而已。我透過協助口譯的日籍留學生拼命向他解釋，指著相簿中的照片介紹南風原醫院，可惜年代久遠，恐怕這棟屋舍已不存在了。

男子詫異地聽著，就在此時，他表情驀然一變，說：「日本人開的醫院？就是這裡呀。就是我家啊。這棟屋子是我祖父買的，這裡是後門，請進來吧。」

我驚呼一聲，走入細長庭院繞到正面一看，確實是南風原醫院，就跟老照片裡的一模一樣。

第三章

兒玉町的家

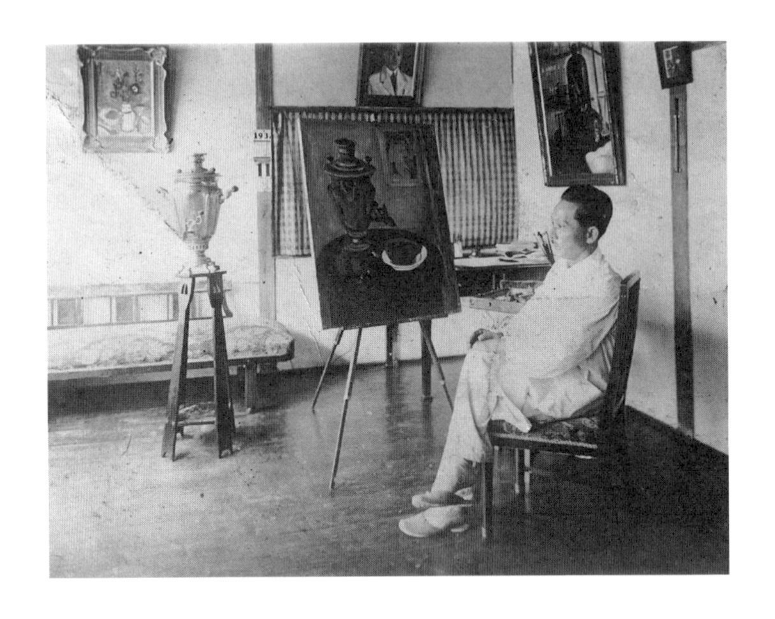

南風原醫院某室，外祖父朝保。約攝於昭和八年。油畫為南風原朝光所繪。左側茶炊是朝保從俄羅斯攜回的紀念品。

是里里和貓貓在等我

這一天是週日。

電腦程式設計師李峻誠，大約每隔兩個月來舊宅一次，每次停留半小時，掃掃庭院落葉，清理一下郵筒內的廣告傳單。不久前他聽說附近幾家住戶遭人闖空門，心裡十分牽掛。這棟住宅久無人居，卻是李先生幼時與祖父母和雙親共同生活的地方，這個家充滿了回憶，可惜屋子逐年老朽，有人甚至提議出售。

李先生難得抽出時間回舊宅探視，在附近巡視時卻發現我正左窺右望，心裡覺得怪異，才忍不住出聲詢問：「妳到底在做什麼？」

我簡直無法相信遇見李先生純粹只是偶然。我知道朝保和里里的舊家就在附近，卻毫無形跡可尋。我事先聽說南風原醫院已遭拆除，一直以為醫院早已不存在。不可思議的是我無意就此放棄，彷彿有某個聲音在背後支持著我，不該停止找尋這個家。

這個週日早晨，我和一位名叫大濱照美的留學生見面，她來自沖繩石垣島，正在臺灣留學。我受人之託將一些文件轉交給她，相約喝茶見面。我將文件交給大濱小姐後，突然心念一動，說起稍後要去尋找外祖父和家母居住的故地，順便邀她同行。我擔心初次見面是否過於冒昧，大濱小姐卻很感興趣，爽快地答應同行。

我們來到南昌路一帶尋找，並未發現「南風原醫院」遺跡，正想放棄離開時，剛才一直未曾留意到路旁橫臥一隻褐色小貓，此時忽然喵的叫了一聲。

哎呀！這隻小貓跟我以前在椎名町養的那隻長得還真像呢。家母里里非常疼愛牠，可惜被車輾死了，名字叫做三郎喔。我正與大濱小姐說起往事，就在此時，發生令人匪夷所思的事情。

恰巧李先生就站在高牆後，出聲詢問我的來意。我取出里里的相簿給他看，說明造訪理由，這時候若不是會講中文的大濱小姐在場，我根本無法向他解釋為何在附近徘徊，也不可能聽懂李先生意外說出的：「我家以前就是日本人開設的醫院喔。請進來吧。」

李先生兩個月才回舊宅一次，每次只停留半小時，卻與我不期而遇；還有大濱小姐願意同行，恰巧代為翻譯。一切看似偶然，我卻深信這是里里的召喚，這個想法或許比偶然更像是真的，里里果然在這裡等著我，還跟三郎在一起。

於是我在臺北碧空朗晴的週日下午，踏進了里里昔日的家。

南風原醫院座落在大約一百坪的細長建地上，外觀是兩層樓，內部設置樓中樓，實際上是三層式建築。

這是典型的醫院簡樸風格，不講究細部雕琢。二樓正面開出三扇大窗戶，顯然是刻意設計的，三扇大窗成為這棟屋子最醒目的外觀特徵。正面玄關目前漆成綠色，昔日木扉依舊保留。朝保及一群年輕助手合照時的背景建築物，和眼前這棟房子完全一模一樣。

我在李先生帶領下走入屋內，地面鋪著石板，這裡是病患等候室吧。裡面有一間小診療室，右方保存一座消毒用的大型琺瑯水槽。

李先生說：「這裡很久沒有人住了，荒廢得十分嚴重。這棟是日式房子，內部卻有樓中樓，設計相當獨特。我的祖父母及和雙親，還有我們兄弟與叔父一家人，在這裡住過二十多年，對我來說也是很有回憶的老地方。妳因為懷念外祖父而來訪，這種情分很難得，做人家子孫，慎終追遠是沒有錯的。」

這棟住宅如今仍設有佛堂祭祀祖先，李先生說他每次回來都會上香祭拜。他也替我點上一枝中國式紅燭，提議我可到二樓隨意觀看。

我持著一星燭火先走向屋內深處，診察室裡側有小食堂，再往前就是廚房。里里說過，有一位廚師的西餐做得可口，她還嚐過牛肉燉飯。朝保對飲食十分講究，喜歡精緻美食，也嚴格注重餐桌禮儀。

「這裡遺留的傢具幾乎都是我們家人買的，不過聽說食堂碗櫥是昔日屋主留下的。因為材質非常堅固，就留著繼續使用。」

焦褐色的木製碗櫥，隔了一層防蠅紗網，是南島臺灣的特產傢俱。李先生告訴我：「這幾層都有裝紗網，可暫時存放一下食物。」

我伸手輕輕觸著鈍重的碗櫃，小里里彷彿突然浮現於眼前。光是想起里里曾經每天真的從這座碗櫥裡取出水果，或是端一碟菜出來享用午飯的情景，我不禁淌下淚水。

走上樓中樓，這裡是朝保的書齋。眺望窗外的風景，與相片中拍攝到的屋瓦是同樣的景致。夾道而建的日式平房如今依然存在，我後來才知道這一帶保留了許多戰前的日式房舍，距南風原醫院不遠處，有一處兩層式的雙併長屋保存完整，如今還是營業中的店鋪。

在我的調查中，昔日兒玉町的人口是六千三百八十七人，其中來自日本本土者有五千六百九十八人（昭和七年版《臺灣市街便覽》），這一帶可說是日本人匯集區。

如前文所述一般，臺北的都市計畫首先從「城內」展開，完成了統治全臺的臺灣總督府和一些公共建設之後，進一步興建總督府官員專用官舍，南風原朝保來臺之初，就是住在東門官舍。為了因應來臺日本移民逐年增加的趨勢，「城內」之外鄰近的土地也被開發為住宅用地出售。

例如南風原醫院的所在地兒玉町等地，是屬於城外新墾區，主要是來自日本本土的民眾才能在此興建家園。

附帶補充日本人在臺北逐年激增的數據：

一八九八年（明治三十一）　九千六百二十六人
一九一〇年（明治四十三）　二萬五千九百二十二人
一九二〇年（大正九）　四萬六千一百五十五人
一九三〇年（昭和五）　六萬九千六百三十八人

取自《臺北市土木要覽》

在南風原醫院步行十幾分鐘範圍內，有朝保最初工作的臺北醫院、臺灣總督府官邸、面積兩萬坪的新公園、博物館、占地八萬坪的日軍兵營等建築群，都是日本治臺的重要設施。

與南風原家僅有幾步之遙的南門市場，今日熱鬧依舊，根據戰前的地圖記載，這片區域是商店林立的繁華區。里里確實是在「好寬好大的街道」上生活的都市孩童。

據說南風原朝保是在大正十三年（一九二四）購買土地，請熟識的建築家興建這間醫院，朝保本人追加不少設計意見。雖然朝保後來又建過好幾間住宅和醫院，南風原醫院卻是他在三十一歲時，最早親自打造的自宅兼醫院，醫院落成之日，朝保內心必然深感激動。相簿中留著一張建築家親手繪製的預估完工圖，朝保應該是欣喜地看著這張圖盼望落成之日到來。據說朝保對新居不負所託圓滿完成，感到心滿意足。

我走上南風原醫院二樓，隔著階梯左右共有五個房間，有些房間貼著新壁紙，但與照片中的景象並無二致。房間之外另有好幾間小儲藏室，這棟住宅的結構十分複雜。

「這個家是我祖父向一位臺灣醫師購買的。你的外祖父在回國前將醫院賣給那位醫師，後來轉賣給我祖父，他以前是鐵路局的技師。」

李先生端著紅燭隱約照亮四周，我逐一細細觀察每個房間。

——里里，妳曾在這裡住過呢。這窗外景色，妳也是見過的。每天在這樓梯奔上奔下的。

我感覺彷彿與少女里里開始交談著。

我忽地吹熄了燭焰。里里在黑暗中消失了。我想起里里說過：

「兒玉町的家大概有十幾間房間吧。學校朋友們都說里里家好大好好，十分羨慕，可是我在家裡很寂寞。家中總是爭吵不斷，我跟後母處得不融洽，為了引起父親關心，有時我會躲在儲藏室裡幾小時也不出來。『喂——，里里！』就這樣一直躲到聽見父親呼喚著找我為止。有時候我還在儲藏室裡睡著了。」

里里在這個家並非總是開心生活，她在這裡度過的少女時期其實是苦澀的。

我好想在這棟房子多留片刻，只是無法如願。我再度體會到這是多麼不可思議的經驗，是穿過好幾重偶然機緣才得以進入。我於是向李先生辭行道別。

——真是非常感謝您。這個家能一直保留到現在……。最後我眼眶泛淚，一時無法言語。離開時，我仰望二樓的三扇大窗，彷彿里里在窗邊揮著手。引我來此的小貓，早已杳然無蹤。

一個人的飯糰

來臺後的朝保全心投入工作，奠定醫師的地位，也與眾多女子共譜戀曲。

朝保在兒玉町開業兩年後的大正十五年（一九二六），與年輕九歲的山崎光惠再婚。光惠是千葉縣人，當時已在臺生活，相簿中保存許多她的相片，是一位皮膚白皙、明眸細長的美女。

據說光惠曾擔任教職，當時在臺北有日本名士聚集的社交場所，朝保就在那裡與她相識。光惠確實是美人胚子，性格卻是悍烈異常。光惠在與朝保登記結婚之前半年已生下長子千里，兩年後產下次子萬里。

當時有一張南風原家的全家福照，地點選在戶外，一家四口與一位臺籍青年，背景則是臺灣特產的熱帶樹木。光惠身穿和服、高梳日式髮髻，與里里之間透露一種距離感。里里過去獨享的父愛，如今再不完全屬於她了。里里與繼母之間關係緊張，她曾表示無法親近新來的母親：

「父親再婚後，弟弟們相繼出生，我感覺繼母愈來愈疏遠自己，反正我也不想跟她親近。我一直認為去世的夏子才是唯一的母親，小心保存一張夏子的大相片，時常取出來反覆瞧著。誰知有一天，照片卻被撕個粉碎。那是繼母撕破的。她想報復我不跟她親近，還對父親的前妻醋意大發。」

被光惠撕破的照片，里里小心翼翼拼湊起來貼在相簿中，如今依然保留那般模樣，是

里里與朝保、繼母光惠和兩個弟弟合影。

一張年輕夏子穿著和服的近影。相片上的細碎龜裂，透露出光惠的烈火性格。里里在這張照片一角，以英文稚拙寫上兩個大字：「My Mother」。這恐怕是她盡最大努力的反抗。

光惠愛奢華享受，朝保醫院求診不絕，南風原家從此過起富裕生活，甚至開設分院。里里說過繼母常帶她去逛臺北最大的百貨公司「菊元百貨店」。這間菊元百貨店創立於昭和七年（一九三二），地點在昔日最熱鬧的榮町三丁目，樓高七層，是臺北首屈一指的大廈，也是臺灣最早設置商用電梯的百貨公司。店內除了日本貨之外，還有許多歐美進口的舶來品，可享受比東京更先進的流行時尚。

光惠也常帶里里去看電影。電影在明治三十四年（一九〇一）引進臺灣，大正十年（一九二一）是臺北的電影全盛時期，整條鬧街陸續開設戲院，像是電影常設館「國際館」、「臺灣劇場」等。有一位叫古屋千的女老闆，在臺北市經營「世界館」、「第二世界館」、「新世界館」等六家戲院。從以下敘述便可知當時臺灣電影業的發展盛況：

除了播放日本活動寫真（日活）、大都映畫、寫真化學研究所（P.C.L.）等製片公司的日本片之外，甚至播映米高梅、派拉蒙、聯美、哥倫比亞公司的作品。據說古屋女士為了讓觀眾盡興觀賞，總是費心提升設備服務，放映機和發聲機都是採用德

國製的精良器材。（竹中信子《植民地臺灣の日本女性生活史》）

里里說起這些往事的語氣卻是冷淡的，她說光惠常去看電影並不是喜愛劇情，而是只關心女星的穿著和歐洲最新時尚訊息。里里眼中的光惠，不過是個瘋狂追逐時髦的女人罷了。真相如何不得而知，但是我聽著里里的話語，可以感受到她和繼母之間的隔閡。光惠疏遠前妻之女，或是沉迷於採購打扮等舉動，顯示她精神上難以填補的空虛。朝保縱然已再婚，依舊不斷捻花惹草。

南風原醫院的生活環境優渥，但在父親的女性問題與繼母冷漠以對之下，少女里里在這個不幸家庭中，恐怕只會感到更加孤寂。縱然穿著頂尖時髦的衣裳，一張張相片中，隱隱訴說著里里的落寞。唯一能讓里里獲得救贖的人，就是與朝保相差十一歲的弟弟朝光。對里里來說，比自己年長十三歲的叔父朝光就像是兄長，對她日後的人生影響深遠。

南風原朝光生於明治三十七年（一九〇四），與朝保同樣在沖繩安里出生。大正八年（一九一九）就讀縣立二中時隨哥哥渡臺，起初一同住在臺北醫院官舍中，唯獨母親阿都留在沖繩。或許是她拒絕同行，那時阿都住在胞弟屋我良行的家裡，良行已遠赴俄羅斯行醫開業。

昭和六年。全家圍繞著來臺北的阿都，後排右側是朝光。

朝光來臺一年後前往東京，當時是十六歲。這個自幼擅於繪畫的少年，一心想成為畫家，最初是向朝保熟識的雕刻家橫江嘉純（一八八七－一九六二）習畫，至於朝保如何與富山縣出身的橫江結識，則無人知曉。朝光不久後住在東京青山的某間藥局，再輾轉去到中野寄宿，他最著迷的就是大正十三年（一九二四）設立的「築地小劇場」。朝光對戲劇感興趣的原因，或許是深受嫂嫂夏子的影響。朝保與夏子結婚時，朝光年僅十歲，他對曾在藝術座登臺演出，日後返回沖繩的夏子應該很熟悉。夏子應該會熱心地向他描述戲劇表演方面的事吧。

沖繩人國井吉祉是朝光的友人，曾經寫過回憶文章〈南風原朝光追憶記〉，裡面提到一些朝光於昭和二年（一九二七）到東京後的情形：「他（朝光）的住處，正是島村抱月與松井須磨子經營的『藝術俱樂部』改建的房舍。我不僅借宿他的房間，還十分受他關照。」夏子學戲劇表演的藝術俱樂部當時已經改成宿舍，某個春夜朝光與這位友人「在東京悠閒散步時，偶然來到日本橋，南風原朝光便提議，我們來演一段《泊阿嘉》[1]吧。」

---

1 沖繩三大悲劇之一，我如古彌榮作，明治三十四年初演，題材源自於《羅密歐與茱麗葉》，敘述男女之間的悲戀故事。

這齣《泊阿嘉》，是在沖繩深受歡迎的愛情悲劇。朦朧雲間月，照映日本橋上，朝光與友人演出某一段場景，「藉此遙念故里」。

另有一段證言：

我記得應該是昭和五年的年初吧。東京的沖繩學生會中，有一群思想先進的學生與我們聯手從事社會科學研究。起初會合地點是在南風原同學的本鄉住處，那棟屋子是由當舖倉庫改建而成，如今想來，感覺像是法國地下反抗軍藏身的空間。（略）他對新劇滿懷興致，我們常去築地小劇場看戲。（松本三益〈南風原朝光という人〉）

戲劇與朝光的日後人生關係愈來愈密切，然而朝光從大正十五年（一九二六）開始習畫，二十二歲就讀日本美術學校，畢業後在昭和四年（一九二九）與名畫家渡山愛順（一九〇六－一九七〇）在那霸舉辦聯展。渡山在近代沖繩畫壇享有舉足輕重之地位，朝光經由這次聯展奠定了畫家生涯第一步。

朝保全心支持弟弟達成理想，毫不吝惜金錢資助，相信朝光的表現也足以讓兄長引以為傲。然而朝光不時口袋見底，在沖繩時有人問起住在東京的感覺如何，朝光便回答：「是會餓死人的地方。」他的畫作乏人問津，唯有朝夕過著飲酒看戲的日子。有時朝光到臺北，便在南風原醫院長住一段時日，聚精會神朝著畫布塗彩。他對姪女里里疼愛有加，里里或許常向他問起生母夏子的事。據說朝光借宿在兄長家時曾發生一樁軼事。

某次朝光去參觀里里學校舉辦的運動會，萬國旗隨風飄揚的校園中，處處可見全家團聚吃便當的情景，唯有里里一人孤伶伶躲著吃飯糰。朝光見狀怒不可遏，心想：「怎麼可以忍心讓里里如此受委屈！」他將此事告訴兄長，朝保也訓斥了妻子光惠。

光惠對疼愛里里的朝光同樣懷著敵意，某天在朝光畫室中，油畫顏料不知被誰從錫管中擠出來流了滿地。油畫顏料在當時是昂貴畫材，朝光認為是光惠的劣行，但她矢口否認。光惠唯有藉著偏激行為來發洩忍無可忍的不滿情緒，她同樣處於不幸中。

朝光往返於臺灣、沖繩和東京之間，關心里里的生活，並告訴她有關繪畫和戲劇的消息。里里學習油畫之餘，夢想日後也能像母親夏子一樣登臺表演。對於一個正值青春期且多愁善感的女孩兒來說，南風原醫院並非適宜的居住環境。父親與繼母常起口角，父親在外捻花惹草，家裡總是爭執不斷。朝保也察覺家庭不和睦對女兒造成不良影響，便將里里送回沖繩受教育，托祖母阿都代為養育，當時是昭和五年（一九三〇）。

統治失敗了吧

在里里不安定的少女時期，臺灣也發生多起重大事件。日本統治臺灣之初，臺灣人抱著強烈抗拒的心態，展開抗日運動。

殖民地經營並不是以愛民思想為基礎的「慈善事業」，若以軍事行動這種物理性方式奪取領土，必然招致對方的武力抵抗。殖民者為求鎮壓抗爭而再度訴諸武力，導致抗爭愈演愈烈，鎮壓則愈益激化。（伊藤潔《臺灣》）

尤其是後藤新平擔任民政長官後，對臺灣原住民採取了懷柔與綏靖雙重政策，一方面如前文所提到的，根據全臺調查結果為基礎，推動下水道等基礎社會建設，另一方面卻採取「鐵血政策」鎮壓抵抗勢力。後藤上任後立即動員警察為主力，對反抗者展開彈壓行動，短暫任職五年期間，遭處決的台灣人就多達三萬兩千名。

第一次世界大戰期間，日本殖民政府是以「派出所」為基礎建構警察網絡，大正六年（一九一七）時全臺設置派出所高達八百三十一所，目的就是要鎮壓和治理台灣人，在原住民居住的「蕃地」裡配置的巡查，比漢族居住的「平地」多十六倍。

這種統治臺灣原住民的方式，據說是沿襲了明治政府對北海道原住民（愛奴人）的治理政策。正如明治政府掠奪愛奴人的土地，強制要求集團遷徙一般，臺灣總督府試圖採取的政策，是獎勵臺灣原住民放棄狩獵和山田燒墾等固有生活方式，藉著改以水稻耕作為生，逐漸使其轉型為「良順農民」。

臺灣人在殖民初期屢屢發起抗日行動，較具代表性者有抗議日本企業獨占樟腦的「北埔事件」（一九〇七年）、反對殖民政府將竹林地拋售給三菱製紙的「林杞埔事件」（一九一二年），以及受到辛亥革命推翻滿清政府的影響而號召起義的「羅福星事件」（一九一三年）等等，最後皆遭到總督府鎮壓。

除了非法武裝抗爭之外，臺灣人也積極展開合法政治活動。「臺灣同化會活動」（一九一四年）是以日臺人民平等為訴求，來自日本的自由民權運動家板垣退助[2]也投身其中。此外，亦有提倡臺灣自治的「臺灣議會設置請願運動」（一九二一年）。

---

2 板垣退助（一八三七—一九一九），政治家，土佐藩士，積極參與藩政改革，曾向明治政府提出建議書要求開設民選議會，成為推動自由民權運動之嚆矢。

如此情況下，昭和五年（一九三〇）發生震驚全臺的「霧社事件」，當時正值日本在臺治績逐漸穩定，開始稱頌原住民政策成功之際。

事件發生在中央山脈中部的原住民居住區「霧社」，十月二十七日天未破曉，當天將在霧社公學校舉行運動會，日本人家屬正在操場集合，兩百名武裝原住民以升旗作為暗號，衝入會場襲擊，日本人幾乎全數傷亡，同時攻擊駐在所（監管原住民的警勤分駐所）、行政官署、官舍等處，占領三日後奪取武器退返深山。

這場襲擊事件造成日本人一百三十二名被殺害，兩百一十五名負傷，另有兩名臺灣人因穿和式外衫而遭誤殺。號召原住民起義的人物，據說是原住民比荷．瓦歷斯，其父母兄弟皆遭日本人殺害，事件發生前一年，瓦歷斯在原住民部落四處遊說「剷除日本人」，霧社事件就是以血洗復仇為目標。

這起事件的發生背景是源自於原住民長年鬱積的憤慨，包括對日本極權統治的不滿、原住民飽受欺壓討伐和強制勞動，以及日本官吏的態度傲慢。

第十三任總督石塚英藏（一八六六－一九四二）獲知消息後，立即向臺灣軍司令官要求出動軍隊，調派八百名軍兵，並派遣武裝警官隊和青年團等二千七百名，使用近代武器鎮壓，造成兩百六十七名原住民死亡。翌年發生「第二次霧社事件」，先前加入日方鎮壓行動的原住民，突襲殺害兩百一十名毫無抵抗能力的起義部落倖存者。

石塚總督堅稱霧社事件為偶發事件，卻被迫重新檢討原住民政策。總督、總務長官、臺中州知事、警察局長等引咎辭職，如此意味著統治終歸失敗。參與起義的原住民之中，包括花岡一郎（本名塔奇斯・諾敏）、花岡二郎（本名塔奇斯・那威）等人在內，皆受過日本教育之灌輸，被視為「忠實的日本人」，擔任宣傳日本統治理念的傳聲筒。他們兩人也涉及這次事件，日本當局為此深受打擊。

根據又吉盛清的調查，霧社事件征討隊中亦出現沖繩籍巡查，他懷著悲痛心情敘述著：

> 若從臺琉人民的長期交流，以及沖繩人在殖民統治中扮演先鋒角色的歷史背景來看，沖繩人加入征討隊是理所當然的。但我不禁想否認這項事實，原因在於我由衷盼望沖繩人不曾加入霧社事件征討隊的行列。（又吉盛清《日本植民地下の臺灣と沖繩》）

臺灣的沖繩籍巡查確實處於複雜立場，沖繩人在故鄉擔任巡查，卻受到內定規制所限，只有來自日本本土的巡查可獲得榮遷機會。許多沖繩巡查為此前往新領地臺灣，懷著在異鄉立功的「信念」，盼能與「日本人」同等升遷。許多沖繩籍巡查加入「討伐」臺灣原住民的隊伍以求取「功績」，有些則在原住民武裝抵抗下喪失生命。

「琉球」這個被日本掠奪的國家，沖繩人理應對日本抱持反感，卻必須面對與自己國家陷入同樣處境的臺灣，甚至淪為「討伐」臺灣原住民的立場，這種情況如實反映出「殖民地」的複雜剖面。不過，這只是從今日的角度來觀察而已。人們具有某種可怕的意志傾向，在受到強迫安排且無法選擇的情況下，會徹底按照被賦予的「角色」去完成任務。

住在臺北市兒玉町的南風原一家，對當時臺灣發生的事件「現況」有著什麼看法？已不得而知。倒是里里雖然常說起在臺灣的點點滴滴，卻對那段歷史似乎一無所知。南風原一家的生活或許真的跟這些事件毫無瓜葛吧。

燈籠、漫步

里里住在那霸天久的祖母阿都家中，就讀縣立第二高等女學校。對里里來說，這是她心靈感到最安適的時光。慈藹的祖母疼愛孫女，會煮拿手菜給她吃。里里回憶這段生活，說道：

「只要我晚些回家，奶奶就提著燈籠來夜路接人。我心裡過意不去趕快跑上前，只見奶奶踮著腳尖站在路上，模樣真令人難忘。當時的我最幸福了。」

朝保從臺灣寄來充裕的生活費，還有時下最流行的洋裝。信裡常交代著，要把里里的腳型畫在紙上，下次回信時附帶寄回。下個月便寄來一雙新鞋，與里里的尺寸分毫不差。

里里和日後的丈夫與那原良規，就是在此時初次邂逅。

在沖繩有所謂的「門中」一詞，意思是父系血脈皆是同一祖緣並結為親家的族群。阿都出身屋我家，跟與那原家同屬首里四大姓氏之一的「馬氏」門中。「馬」姓是屬於近代沖繩氏族的唐姓（中國姓氏），目的在於到中國從事朝貢貿易。與那原家的男嗣一直延用唐姓，直到琉球王國滅亡。

關於馬氏一族的根源，有段耐人尋味的歷史。馬氏始祖是一位出身奄美大島，名叫「與灣大親」的豪族首領，在第四任琉球國王尚清（一五二七—一五五五）掌政時期，遭到另一名首領的奸計誣陷，被指控為蓄意謀反（一五三七年「與灣大親之亂」）。國王派兵征討之際，與灣自縊以示清白冤屈，與灣之子則被王軍所俘，據說其後代子孫就是馬氏始祖。但歷史學家對這項說法存疑，因為在與灣大親之亂以前，馬氏後裔就已在王府出仕高官，顯然是琉球王國為了強調統治奄美大島的合理性，才刻意編造出懲治叛亂的說法。

與那原良規在大正二年（一九一三）出生於首里，是家中長子，比里里年長四歲。

與那原家是具有四百餘年歷史的舊士族，琉球王國時期曾司掌國政，在琉球史上，以歷代出現最多三司官的家族而知名，三司官是掌握最高政治實權之職，等同於宰相。與那原先祖中最知名的人物，就是活躍於十八世紀的三司官與那原良矩（一七一八－一七九七），他曾以進貢正使身分遠赴北京謁見中國皇帝，也曾參與編纂琉球法典《琉球科律》[3]，更是知名的歌人。最著名的歌作是宮廷戲曲組踊《賣花緣》[4]開頭的琉歌：

夜續來晨
昔影長念有情
鹽屋燒煙
一縷流思未絕

王國時期的琉球士族兼具詠琉歌及和歌、漢詩等涵養。除了這首詠歌之外，良矩還寫過很多首戀歌，列為沖繩三十六歌仙[5]之一。

從良矩時期往後推衍，同樣出身於與那原家的三司官良傑，則親眼見證了琉球王國邁向衰敗之途。良傑曾任琉球外交官，負責與明治政府斡旋，因堅決反對琉球處分，不惜向英、美、荷蘭公使陳情，以此大膽行徑而聲名顯著。琉球王國瓦解後，良傑隨國王赴東京，據說在千代田區富士見町的尚府留居了十年之後才回歸故鄉。

與那原家譜之中，並未記載女流後輩的人生軌跡，只知與那原家跟王族淵源甚深，閨女多嫁入公卿之門。

良規是與那原良傑之弟良武的旁系家族，雖非本家嫡系，仍是在歷史悠久的士族家庭中成長。

良規的父親良知在明治十七年（一八八四）生於首里，縣立第一中學校畢業後先後任

3 一七八六年訂立，伊江朝慶、幸地良篤奉詔編纂，以琉球固有法律和慣習為基礎，並參照日本及大清律令而制定。

4 高宮城親雲上於十八世紀後期撰寫的傳統樂劇腳本，劇情描述首里沒落士族為謀生計與妻女離別遠行，幾經曲折流落為賣花郎，日後巧遇妻子卻無顏相認，最後在親情呼喚下闔家團聚。

5 歌人宜灣朝保於十九世紀後期編纂琉球最初的和歌集《沖繩集》之中，遴選琉球王國最具代表性的三十六位歌人之總稱。

與那原良規。五歲。大正七年。

小學訓導和沖繩縣廳會計課長。良知於大正十三年（一九二四）開始在宮古島擔任島司（這個職銜後來改為「支廳長」），自昭和四年（一九二九）起在那霸市擔任六年的收入役（管理市府會計的特任公務員）。琉球王朝雖已結束，仍為上層士族後裔保留了可在政府機構擔任要職的待遇。

有關良知在那霸市擔任收入役的時期，親戚之間流傳一則軼聞。良知赴任時，那霸市政府因重要官員浪費公帑導致財政拮据，而良知的個性向來剛正不阿，上任後連一枝筆、一張紙都嚴格控管，不顧同事反彈，堅持重整市府財政。

我小時候見過良知，他固守著琉球舊士族應有的教養，矜持拘謹不苟言笑，他的記憶力尤其驚人，是典型的公吏型人物。縱然疼愛孫女，我卻覺得這位祖父難以讓人親近。

良規和里里的生母皆曾在學校任教，也都在兩歲時失去母親，自幼在複雜家庭中長大。良規二十歲時，父親良知再婚，從此又增添手足。然而良知另有情婦，與再婚妻子離異後迎娶情婦進門。情婦去世後，良知與前妻重修於好，再度結為連理。

性格嚴謹的良知也會有越軌之舉，十分令人意外。不過這對昔日沖繩男性來說，並非罕見之舉。十七世紀以來，在那霸的特定區域設有遊廓，稱之為「辻」，直到良知時期依舊存在。沖繩男性認為擁有歡場的紅粉知己是一種情趣，如此公開盛行的風氣，甚至到了

良規之父良知。昭和六年擔任那霸市收入役時所攝。

男性舉行家宴時也喚來煙花女作陪的地步。良知的情婦就是辻的歡場女子。

良規與父親的感情並不融洽，良知認為要家中長子留在故鄉繼承父職，乃是天經地義之事，但此時的沖繩已受到新時代風潮衝擊，自己的人生方向為何要由父親決定？良規感到十分疑惑。

良規的性格文靜，膚色皙白，五官輪廓深邃，堪稱是美男子。兒時因罹患小兒痲痹，導致步行時單腳微跛，說話略為口吃。我聽良規說起他少年時代隨父親到宮古島赴任，因行動不便和口吃缺陷，遭受過慘痛霸凌。

幸而溫和的祖母睦達對良規疼愛有加。睦達是基督徒，當時可說十分罕見。歐美傳教士於琉球王國末期抵達沖繩居住，但是直到明治中期以後才開始正式的宣教活動。最初是以首里為宣教中心，許多舊士族受洗成為教徒，睦達應是其中之一。良規幼時個性內向，喜歡獨自在家附近的河畔釣魚，青年時性格轉變，熱愛外國文學，經常閱讀從日本本土寄來的雜誌《英語青年》。在我印象中，父親良規手不釋卷，飲酒豪爽不羈，說話還帶點詼諧味，是個幽默感十足的人。

良規自縣立第二中學校畢業後，本想進入九州帝國大學攻讀英國文學，父親良知卻積極說服他去沖繩縣廳上班。良規就在此時與里里邂逅了。

里里的祖母阿都認為雙方家族皆屬同一門中，十九歲的良規相當適合孫女，於是居中牽線。當時里里芳齡十五歲。

良規和里里來自兩個截然不同風格的家庭。與那原家在動盪不安的近代沖繩社會中，向來以系出名門而自豪，其實說穿了只不過是一種自我慰藉而已。與那原家的舊習氣和強烈自尊心，看在曾受過近代風潮洗禮，滿懷開創雄心的南風原朝保眼裡，實在頗不是滋味。

兩家在認知上的差距，對兩人的後半輩子造成深遠影響。然而這對年輕人初次相遇就互有好感，從此深深墜入情網。

來自富裕家庭的里里，出落得亭亭玉立，予人金枝玉葉的印象，良規卻能洞悉她心靈深處的孤寂，與他自身的處境不謀而合。里里也毫不在意良規體態上的缺陷，真摯感受他溫柔的本質。

里里長年珍藏良規寄來的情書，這裡是其中一封，信中抒寫兩人初遇的情景：

我們在首里初次見面，還記得是十一月二十二日。當時的妳，讓我陰鬱的心情明顯起了轉變。妳那悠然爽朗的氣質，委實令我無法忘懷。短暫相處一天時光，原來人的心意可以如此微妙。夜裡不時浮現當時情景，我向祖母提起妳，蘊含著歡喜而想微笑的心情，回憶自己當時的一舉一動。尤其送妳到商業高等學校的路上，我內心衝動著好想跟妳說說話，情感是如此澎湃於胸臆。

從這封信箋的鋼筆字跡，我看見了青年良規凝視著燦爛眩麗的里里，困惑中懷著深深戀慕。兩人在初遇之日相偕漫步走去「商業高等學校」，一路默默無語。首里的寂靜坡路，綠意蔥蘢的茂林，……在我心中浮現如此景象，一對青春男女漫步中，穿著沖繩風絣紋和服的老翁從他們身畔經過。

殖民主義的「科學」

當女兒里里萌生淺淺戀意時，臺灣的南風原朝保又是過著什麼樣的日子呢？

造訪醫院的人士依舊絡繹不絕，朝保的風流生活依然故我。

「真服了他，當醫生的怎麼好對自家醫院的護士下手啊！朝保跟好幾個護士有染，外面還包養情婦。有陣子醫院裡還出現妻子情婦共聚一堂，里里心中恐怕是五味雜陳吧。這個家簡直沒有太平日子啊！」

描述這些事情的古波藏保好先生，是朝保的弟弟畫家朝光的至友。「朝光比我年長六歲，在沖繩時我們並不認識。我去東京後才與先抵達的朝光熟識起來。有些沖繩人組成藝術同好會，朝光是眾人矚目的焦點，他對戲劇懷有熱忱，我與他成為莫逆之交。我從東京返回沖繩之前曾與朝光去臺灣，後來每次到臺灣一定借宿南風原醫院，舍妹登美也曾相偕同行。」

古波藏先生是在明治四十三年（一九一〇）出生於首里金城。

> 我所認識的金城是沒落士族的聚集地，處處是碎石鋪道，宅邸外的石壁沿路延伸，是頗具風情之處。當地居民吃苦耐勞，恪守規矩，婦女們織著芭蕉布，石壁內總有單調卻不失悅耳的織布聲流瀉而出，可感受到舊士族固有精神的生活方式。（古波藏保好《料理沖繩物語》）

古波藏先生自那霸縣立第一中學校畢業後，繼續攻讀東京外國語學校（東京外國語大學前身）的印度學系，可能在當時與朝光結識。昭和五年（一九三〇），古波藏先生參與

古波藏保好。昭和三十年。

左翼戲劇活動而遭到逮捕，甚至被迫退學。翌年返鄉擔任《沖繩日日新聞》記者，歷經一段時期，再度前往東京成為《每日新聞》記者，接著出任社論評析委員，退休後成為散文家。

據我所知僅有少數人認識年輕時的里里，古波藏先生即是其中之一。我素知其名，也讀過他的著作，卻直到十年前才初次見面。當我介紹自己是里里的女兒時，他神情顯得極為驚訝，日後才表示：「初次見面時我還以為妳就是里里，真令我大吃一驚。在妳說出名字之前，我還心想這就是里里啊。」

我與古波藏先生逐漸熟稔，曾去六本木府上拜訪，他會帶我去看歌劇，好幾次受到豐盛招待。我稱他為「保好叔」，向他請教許多事情。古波藏先生以撰寫食物、風尚、戲劇等散文而著名，頗具紳士風度，注重時尚感，除了輕鬆自得的特質，更擁有高尚幽默感，總是令人感到愉快。

「妳的外祖父朝保總是花名在外，我笑著目睹這一切，心想他怎麼老毛病又犯了？誰知多年以後，朝保居然跟我妹妹登美再婚，讓我大吃一驚。他們是在我初次帶舍妹去南風原醫院時相識的，相信他們也始料未及。登美比里里大七歲，里里以前都叫她登美姊，十分仰慕她呢。」

當時的南風原醫院是什麼樣子？

「朝保愛好藝術，朝光又常來此。不僅是畫家，甚至連想當戲劇演員的年輕藝術家也會來南風原醫院，這裡變成了沙龍，朝保喜歡接濟他們。里里也很喜歡這種藝術氣息，就讀那霸的女學校時，暑假會來臺北，開心地聽那些年輕藝術家講述見聞。」

朝保的宅邸不僅有藝術家，還有來自日本本土的學者，以及政治家和軍人群聚於此，名流雲集一堂的景象，讓他十分引以為傲。朝保既身為臺北名士，難免私下為此自豪，正因為如此，他更渴望獲得「醫學博士」的名銜。

朝保於昭和十四年（一九三九）取得醫學博士學位，當時四十六歲，他在醫界歷練豐富，早該擁有這等地位。考慮到此時朝保已邁入中年，還堅持著爭取醫學博士名銜，足以感受到他強烈的執著心。

朝保獲得學位之前的數年間，開始積極發表論文。我查閱後發現，這些論文表現出「殖民地臺灣」的發展過程，於是決定深入探索論文的撰寫背景。

朝保的論文中，最值得玩味的是昭和十一年（一九三六）在臺灣總督府中央研究所發表的〈從血型觀點分析沖繩縣人之研究〉（《臺灣醫學會雜誌》第三十五卷）。

這篇論文首先探討沖繩縣人的祖源，進而從人類學、血型觀點展開論述，內容主要是以血型分類作考察。朝保針對沖繩縣人進行大規模調查，從O、A、B、AB型之中，統計出何種血型居多，再與日本人的整體血型統計作比較。

這項調查始於昭和七年（一九三二），費時三年完成，在沖繩島調查一萬兩千人的血型，論文結論是「經由科學考察證實琉球民族屬於大和民族」，沖繩當地報紙也報導這項研究（《琉球新報》昭和十一年二月二十六日）。

總括這篇論文的主旨，是因為沖繩人擁有特殊相貌，故有一說指出沖繩人是源自中國或愛奴的混血種族，但經由考察沖繩人的血型之後，發現與大和民族的血型配置比例幾乎相同，因此提出結論「沖繩縣民的族系是以大和民族為主流」。

朝保提出的結論，是沿襲於十七世紀後期提倡的「日琉同祖論」，也就是主張沖繩是屬於日本文化之一環的論點。這項議論在近代「沖繩學之父」伊波普猷[6]積極倡說之下，更為強化。不容否認的是，這種思想背後蘊含著一種意圖，想要匡正近代日本人對沖繩人的歧視和偏見。對於本土人民將沖繩人視為蠻夷的風氣，則主張：「並非如此，沖繩人其實與日本人系出同一祖源。」然而，伊波普猷絕非主張沖繩人應與日本人「同化」——即使是「同祖」，琉球（沖繩）早已自行走上獨立之道；換言之，應該只將此現象視為靜態的「特徵」表現而已。我們必須理解，包括伊波在內的沖繩人，當時身處的微妙立場。此後，伊波普猷仍繼續強調「沖繩與日本不同調」的論點。

朝保的論文除了延續日琉同祖論的脈絡，還有令人耐人尋味的一項特點，就是從「血型分類」來進行研究。

血型研究與歐洲的殖民主義興起有密切關聯，最初運用在人類學的種族分類和疾病研究，再發展出由血型區分人格特質的研究。這是從民族性觀點來探索種族和血型，並以優生學思想為依據。時至今日，像是雜誌中常見的占卜單元，也有從血型角度來分析人格特質。比方說A型是一板一眼，O型大而化之，B型具有藝術家氣息等。其實，當我得知以血型判斷性格原來是始於德國殖民主義時，感到十分驚訝。原來他們是想藉由血型來掌握異族特性，有利於經營殖民地。這項學說對日本學者立即造成影響。

在朝保發表論文的前幾年，已有其他學者發表類似主題的論文，分別是古畑種基〈從血液型看日本人〉、古川竹仁〈從道德教化問題分析臺灣蕃人與北海道愛奴人的民族性差

---

6 伊波普猷（一八七六—一九四七），語言學家、民俗學家，藉由歷史、文化、自然等領域綜合考察並發展沖繩學（亦稱南島研究），對沖繩人確立自我意識的過程貢獻良多。主要著作有《古琉球》、《沖繩考》、《沖繩歷史物語》等。

異〉。

古畑和古川皆是人類遺傳學的先驅學者，尤其最值得一提的，就是古川竹仁調查臺灣原住民血型所撰寫的成果。這篇論文發表於昭和六年（一九三一），是以血型觀點考察前一年發生「霧社事件」的原因。

古川論文中提到「臺灣蕃人」多數為O型，個性屬於「充滿自信、精力充沛」，日本殖民統治雖長達三十年，原住民個性依然故我。古川甚至提出一項荒謬主張，認為若能鼓勵原住民與日本人通婚，即可削減O型。

朝保的論文還不致於深入分析到沖繩人與日本人有何共同點。但毋庸置疑的，這些以血型觀點探索民族起源的論證，是依循在殖民主義時期「蔚為風潮」的「科學」論調。

儘管如此，自琉球王國時期以來沖繩藝術呈現的獨特樣貌，令朝保相當引以為傲，他曾向臺北文化界的日本人士熱心介紹故鄉文化。但從論文結論中指出沖繩人是傳承自大和民族的流脈這點來看，朝保難道是想表達日琉文化的「同一性」？

當時在臺灣發展的人類學研究，是以臺灣原住民或愛奴人為分析對象，甚至包括琉球人在內。論文中，朝保不僅是分析沖繩人的「觀察者」，同時也因身分關係而成為「被觀察者」。朝保加入來臺日本學者或文化圈，必然察覺自身的處境微妙。醫師南風原朝保在臺灣，究竟是傾向於「日本人」或「沖繩人」？

我懷著複雜心情閱讀朝保的論文時，忽然留意到一事。這篇論文是以調查沖繩各島民眾的血型為依據，其中在與那國島的調查部分，朝保提到一位名叫「池間榮三」的人物，並對他協助調查表以謝忱。

池間榮三（一九〇五－一九七一）生於與那國島，沖繩縣立第二中學畢業後，就讀於臺北醫學專門學校，此後返鄉專事醫療工作。他的另一項功績是細心探究與那國史，並以撰著傳世。

池間榮三故世已久，遺孀仍在與那國島生活。我忽然有個想法，認為她或許對丈夫協助朝保論文調查之事仍有印象。我相信朝保在從事「沖繩人研究」之際，可能留下隻字片語表述複雜的心路歷程。

我決定前往與那國島。

開往台灣的女傭船

與那國島是距離臺灣最近的「日本」，兩島僅隔一百一十一公里，今日卻無法從臺灣直接前往。首先必須先到沖繩島，輾轉至石垣島後，再搭機前往與那國島。附帶說明的是與那國島距離石垣島一百一十七公里，比從臺灣前往略微遙遠。

與那國島位於西太平洋，繞島一周僅有二十七公里，目前有一千八百名人口。這座小島孤立於群島中，自古即有豐富的文化傳承。島國傳說魅力無窮，至今流傳一位名叫「榕樹磯波」的女酋長，十六世紀時統一全島，據說這位女酋長是以政教合一為基礎治理國家。島民們世代相傳，在宮古島軍隊入侵時，也是由榕樹磯波擊退敵軍。

整體而言，與那國的地貌唯有「強烈」兩字足以形容。嶙峋陡峭的奇岩、濃郁的藍洋色。海底下躺臥的石塊造型，正是備受爭議的古代巨石文化遺跡。祖納港附近的浦野墳群奇景，亦堪稱一絕。還有面海的巨大龜甲墓。這座島可讓人真切體會人與神靈、自然融合為一。簡單來說，沖繩正是由一群多彩繽紛的小島串連而成，望著眼前的與那國美景，我不禁如此認為。

我去拜訪池間榮三先生的遺孀阿苗女士，她繼承丈夫遺志後，總是為傳承島上文化活動而奔忙。活力充沛的人生態度，令人聯想到榕樹磯波。

我將朝保論文之事告訴阿苗女士，她表示榮三先生曾協助調查，當我問起是否仍有印象時，阿苗女士卻表示：「我只聽過榮三提起而已。」榮三先生是在婚前參與調查工作，朝保則在昭和十年（一九三五）完成調查計畫，四年後榮三先生與阿苗女士結婚。

「是的，我聽榮三說起調查島民的血型，還談到血型和性格的關係。A型的人性格是如何，O型人又是如何之類的。可是很遺憾，他根本不認識南風原朝保醫師。」

看來是朝保聽說池間榮三曾就讀臺北醫學專門學校，又是與那國人，便透過介紹請託協助，毫無任何跡象顯示朝保曾造訪與那國島。

阿苗女士所知有限，我無法獲得其他訊息。既然如此就順便與阿苗女士歡談，她告訴我，原來臺灣跟與那國之間有緊密牽絆。

「我唸小學六年級時，初次到臺灣。我們這裡的尋常小學校，畢業旅行竟然是去臺灣呢。我對剛到臺北的情景印象很深刻，還有一間叫做菊元的百貨公司。」

菊元百貨店就是里里和繼母常去購物的百貨公司。

「百貨公司裡面好氣派，讓我大吃一驚，居然有升降電梯呢。商品都是漂亮和服或洋裝，真是琳琅滿目。我來自與那國島，樣樣都感到驚奇。尤其是街道真的好寬闊啊。」

——以前有許多與那國人到臺灣嗎？

「是呀。島上女孩都去臺灣工作，可說是全體出動，幾乎都去當女傭。」

許多女性為求工作，從與那國、石垣、竹富等八重山群島地區渡臺。她們乘坐的船稱為「女中船（女傭船）」，是前往旅居臺灣的日本家庭幫傭。

昭和六年（一九三一）的《先島朝日新聞》刊登報導，標題為〈本郡女子前進臺灣女傭業一馬當先〉，說明八重山女性多數在臺北或基隆工作。

前述的竹中信子《植民地臺灣の日本女性生活史》中，有一則報導標題為〈驚傳女傭荒　首度舉行講習會〉，原因是「全臺各地女傭短缺，釀成『恐慌』。原本提供九成女傭的八重山群島正值農忙期，農民自顧不暇，無意放手讓女兒出外幫傭」，於是緊急召開培育女傭講習會。由此可知許多在臺日本家庭的家務勞力，是來自於八重山島民。

值得附帶一提的是，女傭講習會的對象是「會講日語者」，從各種禮儀舉止、女僕操守道德、打掃、接待賓客，到如何去市場採買、擦鞋技巧、按摩等技術指導，可明瞭當時「女傭」的工作範疇。

根據昭和十年（一九三五）日本國勢調查，可知與那國人的渡臺數目。調查顯示，當時與那國島女子渡臺者約占全島人口的五・七％（一百三十三人）、男子約占六・四％（一百四十六人）。

此外，根據各府縣的「移民臺灣者指數」資料，可了解沖繩人移居臺灣的情況。大正九年（一九二〇）在臺日本人之中，沖繩縣民位居第十。十年後升為第四，又經十年後的昭和十五年（一九四〇）則高居第一。沖繩人雖大量渡臺，在臺工作的沖繩婦女卻被蔑稱為「琉球人」，而且備受歧視。不過根據阿苗女士的說法，其實並不盡然如此。

「常有人說與那國人從臺灣返鄉後，變得彬彬有禮。如今仍有島民在臺灣工作呢。大家變得很重視規矩。當時臺灣賣很多漂亮和服，大家都裝扮得光鮮亮麗回來喔。」

與那國的女性在臺灣幫傭，慣例是「做到出嫁為止」。正如阿苗女士所述，當地稱之為「見習禮儀」。

在臺灣工作，不只是收入需求這種經濟層面的理由，應該還蘊含「出嫁前的學習」或「社會學習」的微妙意味，在幫傭家庭學習「日式」禮節或「日語」是備受肯定的。至於為何以「見習禮儀」為目的出外工作？與那國人回答動機是「嚮往臺灣」，如此情形相當顯著，因而受到注目。這些女子表示「臺灣有鐵路和自來水、電話，還有商品應有盡有的大都會區域」，大家一致認為臺灣是「嚮往之地」。這種「嚮往」意識的形成要素中，應該包括臺灣具有「日本」的物質及文化要素。

（水田憲志〈沖縄から臺灣への移住〉）

正如南風原一家的例子般，與那國人在渡臺後接觸或見識到的並非臺灣，而是「日本」，臺灣人彷彿不曾存在。

阿苗女士自小學畢業後，前往那霸就讀縣立第一高等女學校。就學中又去熊本的遞信講習所學習，後來成為無線電通訊技師，選擇成為職業婦女。二十歲時與年長十歲的榮三先生結婚，還無暇感受新婚生活，丈夫就前往戰場。

「榮三是軍醫，必須隨軍四處醫診，我留在與那國等他歸來。當時我聽說榮三將在臺灣短暫停留，我便搭乘島上一間名叫『發田鰹節工廠』的船去相見，途中遭遇了驚濤駭浪。我們短暫相聚片刻，榮三趕緊拿一些食品給我。就僅此一晚相會，當時是昭和十六年。榮三接著輾轉前往菲律賓和澳洲等地，那段期間我們聚少離多，一直到戰後才重聚。」

阿苗女士提到的發田鰹節工廠，就在與那國的久部良聚落，是一間擁有製冰設備的現代化柴魚工廠，創辦者是宮崎縣出身的發田貞彥。這間工廠在昭和十年（一九三五）達到全盛期，雇用漁民一百五十名，工廠作業員五十名，規模號稱是「東洋第一」。產品輸送至阪神、東京、橫濱的市場，亦遠銷臺灣。隨著在臺日本人的數量逐漸增加，柴魚需求量供不應求，發田鰹節工廠逐漸擴大經營。

大戰結束時，池間榮三先生被暫時留置在異地，數年後才返鄉，成為島上唯一的醫師。小島長久以來無車代步，榮三先生總是騎著與那國特產的小馬，四處巡迴看診。即使是三更半夜，只要得知病患求診，他必然趕去診治，阿苗女士也支持丈夫的義行。

醫療工作之餘，榮三先生繼承阿苗之父新里和盛的遺志，不斷推動島嶼文化。新里和盛曾擔任村長，在島內外蒐集並撰寫諸多傳說故事和調查記錄，在昭和三十二年（一九五七）自費出版，書名為《與那國島誌》。榮三先生過世後，阿苗女士繼承丈夫遺志，將此書重新改訂刊行。這部著作如今仍受重視，成為與那國的重要通史。

阿苗女士說道：「與那國的歷史充滿謎團，相當耐人尋味。」她至今仍然投身於島史研究，只是對島上人口逐年減少感到落寞，甚至連捕鰹魚的漁民也剩下零星數人。即使過著島民生活，周遭豐富漁場環繞，阿苗女士卻笑稱：「我可是很少吃到鮮魚呢。」

我原本打算向阿苗女士詢問關於朝保的事情，她雖不知情，卻意外地讓我聽到許多島上軼事，尤其是沖繩人渡臺的種種情況，真是獲益良多。

若想了解臺灣與沖繩之間的牽絆，我認為不應只注重沖繩本島，而是將視野擴展到其他所屬島群。

我忽然心血來潮，不曉得前往沖繩定居的臺灣人又是過著什麼樣的生活呢？我想起上次從那霸搭船經由石垣到臺灣的旅程，那艘渡輪上載著許多來自石垣島的臺灣人後裔，據說目前在石垣島住著大約四百名臺裔居民。

去一趟石垣島吧。我決定與這些人見面，想詢問他們移民石垣島的原因。我直接前往與那國機場，買了到石垣島的機票。

天空的藍意多麼眩目。南島薰風吹拂下，我繼續展開「臺灣之旅」。

已到了入夏時節。

第四章

石垣島的臺灣居民

臺北放送局。昭和十年。前排右是川平朝申，鄰座是里里。

石垣島機場是保留著南島風情的小航站，我每次抵達這座機場，心情總感到懷念而輕鬆。

然而，這不過是旅人一廂情願的心態而已，目前的機場空間狹小，大型客機無法起降，石垣島從二十年前就展開新機場建設計畫，卻面臨島嶼周遭美麗淺海或山區生態系即將面臨失衡破壞等問題，島民為此展開全面的抗爭運動。

我於昭和五十九年（一九八四）初次來訪石垣島，聚落居民當時正積極進行抗爭運動。新機場預定建設計畫早在抗爭運動發生前五年推出，位置選在白保地區，就是以擁有全球稀有美麗珊瑚礁而自豪的地方。日本本土來的業者假藉開發渡假村為名義，大量收購島上土地，引發多起土地糾紛。

白保地區究竟是什麼樣的聚落？我決定親自前去觀察。一到當地，我就深深為她著迷，從此難以自拔。淺海中綿延伸展的藍色珊瑚礁，岸上則有聚落家屋等美景自然不在話下，但最讓我印象深刻的是當地居民魅力無窮，他們即使面臨危機也不失幽默感，無論跟任何一位白保居民閒聊，最後包準捧腹大笑。

雖然日本本土的社運人士也爭先恐後來到此地投入反對運動，主角卻全是本地居民。示威遊行中即使出現與機動部隊衝突的場面，都可見到打頭陣的是手持三弦琴的聚落老者，如此情景令人十分感動。

機場興建計畫在聚落內部同樣萌生出複雜對立關係，眾人依舊蓄勢待發，自行解決問題，白保機場的建設計畫最後終於被撤回。

自古石垣島就以流傳豐富的民間戲曲而聞名，傳統表演與島民的日常生活息息相關，是活生生的藝術表演。我後來與藝術表演團體「來相聚」的成員結識，他們皆來自白保，主要是由二十多歲的年輕人組成，讓我得以了解石垣島流傳的民謠、舞蹈所呈現的悠遠意境和多元化表現手法。我向他們學習民謠歌詞，不僅理解旋律之美，也聽到了許多島嶼傳說。

我曾受邀參加聚落的傳統活動，像是夏季盂蘭盆會期間表演的獅子舞。本地人將樹皮撕成細片，以海水洗淨、曬乾，作為包覆獅身的材料。月光下，紅頭獅子在紅瓦房舍的庭前，隨著輕妙的三弦琴樂韻自在舞動，聚落民眾圍繞著獅子奏樂歡喧，如此光景令人感受到神聖的氛圍。

每次造訪石垣島，我都是前往「來相聚」的友人家借宿，他們會親自下廚招待。入夜後，聚落處處隨風飄來三弦琴韻。

我幼時聽雙親說起沖繩歷史和故事，主要都是與沖繩本島或古都首里有關的，認識石垣島的友人之後，才知道周邊島嶼的獨特文化和歷史，認識了另一個不同於父母記憶中的「沖繩」。

離島民謠中，有許多歌詞反映出王國時期的琉球王府徵稅嚴苛，或是首里士族在離島上暴戾專橫的行為。琉球王國的離島百姓從十五歲至五十歲皆需繳付「人頭稅」，據說租稅負擔比例甚至達到「八公二民」，也就是說，百姓收入的八成都被當作稅金徵走了。婦女為繳貢納而織布，必須耗費許多時日。琉球王府實施苛稅政策的背景，是源於薩摩藩的強取豪奪，對島民而言，最可憎的莫過於首里王府的官差駕臨。

島民在王府政策下被迫強制遷徙，包括石垣島在內的八重山各島，都代代傳唱著描述妻離子散或勞燕分飛的悲傷民謠。

眺望著波照間島　故鄉之島
家中慈母　我的生母　憶念著您的面容啊
想見您　淚眼婆娑　不忍見
想歸行　長路迢迢　不得歸

這是〈崎山ユンタ〉的一段歌詞，描述幾百名波照間島的住民被強制移居到西表島，無法與摯愛親人見面，只能登上新居地的高山，含淚眺望故鄉的島影。「ユンタ（yunta）」是指勞動者傳唱的歌謠，原本無樂器伴奏，唯有清唱而已。原因是琉球政府禁止百姓擁有三弦琴，直到明治時代才解禁。

我有一位友人是來自白保的年輕民謠歌手，他在那霸從事演唱工作，但無論如何邀請，他都堅決不肯在首里城獻唱，因為首里城曾經是讓島民飽受苦難的權力機構象徵。我聽聞此事，才知道琉球王國的歷史必須以多種角度交錯檢視。

石垣機場洋溢著觀光客的歡樂氣息，剛步出機場，八月燦陽刺著肌膚。我坐上計程車，司機說：「今天是豐年祭，到處都有為神明獻藝的表演。」豐年祭是慶祝稻穀收成的慶典，在沖繩島和八重山、宮古島舉行各種儀式，在這一天造訪的觀光客最幸運。我毫不猶豫就前往「御嶽」，所謂御嶽，就是祭祀聚落守護神的聖域。

御嶽前的廣場聚集了許多居民，人人手持圓扇，喝著免費分贈的涼茶，愉快享受島上活動。御嶽正前方高掛寫著「五風十雨」、「豐潤」的長旗，意思為祈禱天賜豐收，還坐著白衣裝束的神女。

島民陸續獻藝，向神明祈求豐收和表達謝意。女子們身穿絣紋和服，一邊繞行一邊跳舞，青年們皆是綁腿裝扮，演出表現英勇武藝的棍棒舞和獅子舞。還有孩童的鼓笛隊演奏，顯得熱鬧非凡。

沖繩的農耕社會受到颱風或日照等因素影響，以致收成不穩定，豐年祭可說是島民最盛大的歡慶活動，更令人重新感受到石垣島擁有的豐富傳統藝能，總算得以傳承至今。

如今我為了探訪臺灣人後裔，再度踏上石垣島。臺灣人是從昭和初期開始遷來，如今仍有四百名以上的臺裔居民在此生活。他們究竟是在哪一年？為了什麼目的移民來此？

如此說來，我每次造訪石垣島就感到一事匪夷所思，從住在當地鬧區的居民比例來看，中華料理店未免數量過多。更何況並非隨處可見的拉麵店，而是提供真正道地中國菜的大型餐館。我問友人為何中華餐館如此密集，他們的答覆是：「因為這裡全是臺灣人喔。」一聽說奠定今日石垣島農業基礎的，亦是來自臺灣的移民。

那麼，該如何向石垣島的臺裔居民打聽消息？我在御嶽豐年祭的喧鬧中，不斷思索這個問題。此時心中浮現的，正是過去認識的記者友寄英正先生（筆名金城朝夫）。友寄先生已過花甲之年，目前是業餘記者，以在地人的角度積極採訪諸多島民問題，例如石垣新機場、國會議員涉嫌收購土地等。我想起昔日與友寄先生見面時，他曾表示自己對石垣島的臺灣人相當熟悉。

今天是豐年祭，友寄先生忙於採訪，我若是貿然聯絡，恐怕他無法赴約。我在左思右想中感到悶熱疲憊，暫且先進入眼前的喫茶店，打算稍後再從長計議。才剛打開店門，我為奇蹟巧遇而大吃一驚，恰巧是友寄先生坐在店裡，彷彿預料到我會前來。他表示今日採訪忙碌，臨時抽空到店裡稍事休息，正準備動身離去。這趟旅行果真是巧合重重。

我說起這段巧遇，友寄先生笑著說：「我最近大概被神明附身，才知道妳會來訪。」

在舉行豐年祭的御嶽，或許我也受到島神庇佑吧。」

簡單問候一番後，我表明來意其實是想了解島上臺裔居民的事情，友寄先生說：「沒問題，我幫妳介紹吧。」他馬上取消今日採訪行程以便協助我。

友寄先生說起臺灣人在石垣島的發展史：

「臺灣人在昭和六年（一九三一）來到這座島，許多農民遷移到名藏地區，據說人數高達六百名。華僑分布在世界各地，幾乎都在經商，唯有石垣島的臺灣人至今仍然務農。」

——臺灣人為何想來石垣島？

「因為臺灣人的歷史，與日本治臺有密切關係。臺灣成為日本領地後，日本對臺灣產業中的糖業特別感興趣，在總督府保護下投入鉅額資金，大規模種植甘蔗，卻導致臺灣農民逐漸喪失私有地。」

臺灣的蔗作歷史可遠溯至十七世紀，荷屬東印度公司進駐臺灣後，在今日臺南市設置貿易和管理機構，向周圍地區的原住民宣導，並招募福建農民來臺種植稻米和甘蔗。甘蔗製成砂糖後，成為臺灣重要的獨特輸出品。

臺灣糖業是在兒玉源太郎總督、後藤新平民政長官掌政時期迅速發展。後藤新平極為熱中培植產業，對蔗糖產業尤其盡心力，並從美國邀請新渡戶稻造來臺，聘為殖產局長，新渡戶稻造上任後隨即提出意見書，表示期望能赴爪哇視察。新渡戶稻造的〈糖業改良意見書〉成為糖業政策基礎，順應臺灣各地民情，設置裝有小型機械的中小型工廠，並建議促生公會組織，推動共同經營擁有機械設備的製糖工廠（矢內原忠雄《帝國主義下の臺灣》）。兒玉、後藤政治體制根據此意見書，將獎勵推展糖業視為產業發展政策之核心，致力於農工業技術改良和經濟援助層面。

臺灣糖業從此產量激增，明治三十三年（一九〇〇）僅有三萬噸，兒玉、後藤執政時期結束時已達六萬噸，昭和十年（一九三五）突破一百萬噸，第二次世界大戰時期，則達到最高產量一百六十萬噸。如此情況下，導致臺灣人原本以小耕地糖業經營的模式就此瓦解，日方投入鉅資強行收購的土地面積則不斷擴增。

矢內原忠雄在書中提到：「臺灣耕地總面積八十萬甲之中，光是包括製糖公司的採收原料區在內，就高達七十八萬五千甲。」這是由於日資企業受到臺灣總督府保護，得以迅速獨占化的結果。臺灣糖業已由三井、三菱、藤山三大日資企業完全掌控。

蔗糖成為全臺最大產業並滿足日本國內需求後，才將餘量輸出國外。一九二〇年代的臺灣總外銷量是二億五千萬日圓，其中糖產約占一億日圓。正如歐洲各國重視東南亞殖民地的橡膠產業般，臺灣糖業對日本而言就是「搖錢樹」。

製糖既是強勢外銷產業，日本本土市面上亦出現大量蔗糖。根據《明治、大正家庭史年表：一八六八－一九二五》的記錄，大阪豆皮烏龍麵中的油炸豆腐皮，今日口感甘甜的原因，據說是受到「中日甲午戰爭之後，大量添加臺灣蔗糖所致」。一碗豆皮烏龍麵也蘊含著日本統治臺灣的歷史。許多臺灣農民的耕地被指定為甘蔗種植區，過去栽種各類農作物的田地，最後成為全島盡是蔗園的景觀。在日本大型投資企業收購土地之下，導致臺灣農民喪失私有土地，有高達三十九萬戶蔗農成為大資本家的農場勞工。製糖公司雇用的臺灣工人主要是下田勞動，他們頭戴防曬斗笠，日本員工則戴著現代化的安全帽，據說從遠處藉此方式即可分辨雙方身分。

如此不公平的待遇導致臺灣人對日本殖民統治愈發不滿，部分農民甚至轉往海外發展，試圖獲得私有農地。

昭和九年。臺北女子學院學生。最左側是里里。在當時運送甘蔗的貨車上紀念留影。

鳳梨的情況與蔗糖類似，是經營殖民地獲利最高的農作物，臺灣的鳳梨栽種始於十七世紀，到了二十世紀之際，夏威夷推展鳳梨罐頭自動化製造後，鳳梨種植業結合罐頭工業，得以蓬勃發展，這股潮流對臺灣同樣造成影響，臺灣總督府非常關注鳳梨產業，「栽種鳳梨可善用無法種植其他作物的坡地，又能製造罐頭外銷以賺取利潤。」（臺灣總督府《臺灣事情》）。

昭和初期，臺灣擁有大小罐頭工廠總計七十五間，競爭十分激烈。不久，原屬臺灣人經營的鳳梨公司遭到合併，全臺僅剩一家日資企業，導致大量臺農喪失生計。

在這樣的農業環境下，臺灣農民為求獲取新耕地，只好前往尚有大量未墾地的沖繩和八重山群島發展。

趕走臺灣牛

自琉球王國時期以來，八重山群島就是強制移民和開拓地區，明治時期以後，來自沖繩各島與日本本土的拓墾者在此聚集，卻有許多人沒能成功，甚至罹患瘧疾病倒。在此艱困情況下，一群臺灣人遷入了石垣島名藏地區。

八重山石垣町的字名藏，自去年七月起出現臺灣人大量移居，已完全開墾良田數十公里。如今字名藏地帶，宛如徹底呈現了新生農村風貌。……開墾者是大約百人規模的大團體，展現精湛稻作技術和農耕方法，引起各界關注。（昭和八年十月二十一日《臺灣日日新報》

這篇報導刊於臺灣報紙，並從善意角度報導臺灣移民的成功實例。另一方面，石垣島農民卻出現抗議聲浪反對臺灣移民。

其中一例就是臺灣人引進水牛，可適用於開墾島嶼和耕種。

近年臺灣人入侵本郡，更出現不肖人士引進大量水牛和黃牛，打算讓本郡原產牛與水牛及黃牛配種，郡畜產公會將此視為重大問題，已向地方政府平良支廳提出陳情，禁止水牛移殖本地飼育。（昭和十二年八月六日《先島朝日新聞》）

後來，水牛成為八重山農業發展不可或缺的動力來源。時至今日，水牛車載著觀光客悠然環島的景象，已成為石垣島風光特色。回顧當初出現的反對聲浪，與其說是石垣島民想保護島上的原生牛，毋寧說是對臺灣的優秀農業技術感到疑懼，才引發如此舉動。其他如〈臺灣人沒規矩！亂放家畜破壞田地　批判之聲譁然而起〉等報導標題，也躍上報紙版面（昭和十四年十月八日《海南時報》）。

臺灣農民畏懼感染瘧疾，移民之後最重視攝取均衡營養，每戶平均飼養三頭山羊、兩頭豬，擠羊乳拌雞蛋飲用。據說還會撈取河鰻或鱉、蝦類等海產類食材巧妙入菜。當時八重山居民的主食是薯類，以致營養不足，百病叢生，臺灣人則是營養均衡，開墾頗具成效。

在這樣的情況下，石垣島自昭和十年（一九三五）起開始大量栽種鳳梨。最早奠定鳳梨產業成為沖繩日後農業基礎的人，是來自臺灣的林發（一九〇四—一九七八）等人所經營的大同拓殖株式會社，這間公司以種植鳳梨和香蕉等亞熱帶水果起家，展開多元化經營。

林發是臺灣臺中市人，曾任職於營林署（等同今日之林務局），也曾經營自動車商會，此後跨入鳳梨事業，卻面臨前述的臺農喪失耕地問題，陷入經營危機，於是轉赴石垣島尋找機會。林發在臺灣廣召人才，獲得許多本土人士響應，他在石垣島臺灣人社群中，長期被視為核心人物，堪稱十分活躍。

另一位奠定石垣島鳳梨產業人物是廖見福（一九一三—一九六七）。

我透過友寄先生的介紹，與廖見福之子島田長政（五十六歲）見面。島田先生住在其父開墾的嵩田地區，目前種有大片芒果園。我在出貨最忙碌的時節前去擾訪，島田府青翠的草坪，修剪整齊的花草，林木錯落的廣闊優美庭園，在沖繩極為罕見。友寄先生也說：「這種庭院可說是臺灣人農業技術優秀的象徵。」

我享用著島田先生剛採收的美味芒果，傾聽他說明：「家父是臺中人，二十三歲離開臺灣，想去別地方打拼。他打算從基隆港出海去新加坡或日本，結果在石垣島下船定居。最初是在林發的工廠工作，戰後在昭和二十一年開墾嵩田地區栽種鳳梨。當時嵩田還是荒野，也是石垣島上環境條件最為惡劣，寸草不生的地區，連來自日本的移民都紛紛逃離，開拓過程十分艱辛。八重山民眾對臺灣人心懷反感，才採取隔離政策讓臺灣人集中住在嵩田吧。昭和十四年（一九三九）時，約有一千五百名臺灣人住在石垣島。」

廖見福歷經千辛萬苦，開設了鳳梨罐頭工廠，此後推展事業成功，終於獲得沖繩時代產業獎的殊榮。

「我在石垣島出生，周遭全是沖繩朋友，在這種環境下長大，很少意識到自己是臺灣人。不過我的祖母會講臺語（閩南話），家父終生沒有歸化日本籍，卻努力讓子女們取得日本國籍，以便能在此生存。」

殖民統治時期的臺灣，加上戰後中臺關係，造成石垣島的臺灣人國籍問題更為複雜。

「日本戰敗時，留在日本的臺灣人突然被當作外國人，不僅喪失公民權，甚至要隨身攜帶附有相片和指紋的居留許可證。工作上遭遇各種瓶頸，例如喪失選舉權、無法向金融公庫（中小規模的金融機關）借貸資金等等，無論是結婚或就職、進學方面，臺灣人吃足了苦頭。」

臺裔居民終於在一九七一年（昭和四十六年）取得日本國籍，原因是聯合國大會承認中華人民共和國政府是中國的合法代表，臺灣被迫退出聯合國。在此事件影響下出現種種限制，如今在石垣島的臺裔居民幾乎都擁有日本國籍。

「無可否認的，臺灣人在此種植鳳梨和果樹，才能奠定今日石垣島的農業基礎。雖有許多日本人遷居來此，其中卻有不少只想收購土地，轉賣獲利後便揚長而去。臺灣移民絕對無人如此，這點令我感到很驕傲。來自臺灣的移民在石垣島留下農業技術。」

島田先生在三十歲之後頻頻前往臺灣學習農業技術，對島田先生來說，父親的故鄉令人懷念，隨著接觸的時間久了，他重新體認到台灣這塊土地的魅力。

島田先生與石垣島女子結婚，子女們已長大成人，他期盼今後可以嘗試栽種其他作物。芒果現在已取代甘蔗和鳳梨，成為沖繩農業中最受歡迎的作物，父親對這種從臺灣帶回的新作物充滿栽培熱忱，兒子也延續傳承下去。

離開島田先生家之後，我環視此處的甘蔗田和鳳梨田。茁壯生長的果樹，彷彿象徵著臺灣移民的苦難足跡，讓我想起島上慶祝豐年祭的光景。我沉醉於島上傳承的傳統表演，在這場祭典中是否也刻劃著臺農在石垣島的發展歷史？如此想來，我心中略感五味雜陳。

結束與那國和石垣兩島的旅程，我再度回到昭和初期，里里生活的年代。

妳就是里里的女兒嗎

里里被交託給住在那霸的祖母阿都代為養育，就讀於縣立第二高等女學校，過著安穩生活。這所學校是沖繩設立的第二所女子高中，前身是教授洋裁技藝的私立學校，招收對象主要是那霸市民的子女。

至於沖繩縣立第一高等女學校，則聚集了全沖繩最優秀的女學生。昭和二十年（一九四五）沖繩戰役爆發之際，學生們組成「姬百合學生隊」[1]前往戰地協助看護，造成不幸

1 是由沖繩縣立第一高等女學校與沖繩師範學校女子部師生合組的陸軍看護隊，名稱則分別取自於兩校的校刊《乙姬》與《白百合》，師生們在沖繩戰役中遭受美軍砲火攻擊，導致多數傷亡。

犧牲的悲劇，這段事蹟從此名流青史。相對而言，第二高等女學校是以積極推廣藝術教育的「名媛女校」而聞名。

里里敬如兄長的叔父朝光，其妻仲本敏子也就讀第二高等女學校。

朝光於昭和五年（一九三〇）結婚，此事竟成為轟動全那霸的話題。仲本敏子的娘家富甲一方，在那霸是屈指可數的富豪，朝光受聘擔任敏子的繪畫家庭教師時，小他七歲的敏子還是學生，朝光對這位五官深具現代感的女孩留下深刻印象。

當時朝光自由往來於東京和沖繩、臺灣之間，繼續邁向畫家之途，在他短期停留沖繩之際，暫時成為敏子的家庭教師。朝光對敏子一見鍾情，有意立刻帶她同赴東京，敏子的娘家卻堅決反對這門婚事。有關兩人的結婚始末，朝光的好友們曾聽他談及此事，因此被收錄在《南風原朝光遺作畫集》。

朝光遭到敏子雙親拒絕婚事後黯然返家，友人們卻慫恿著：「兩人應該享有行動自由。」在這些建議驅使下，這對有情人終於決定私奔東京。翌日，敏子之母察覺女兒離家出走，家中才發生大騷動。第二高等女學校的學生對這兩人的行為究竟孰是孰非，甚至展開熱烈爭論。

當時正值年輕人自我意識抬頭，以及人道主義覺醒的巔峰期，可感受到南風原朝光懷著強烈心願，想開拓新道德意識。（《南風原朝光遺作畫集》）

對當時民風保守的沖繩社會來說，確實是驚世駭俗之舉。兩人私奔成功後，在東京本鄉菊坂的女子美術學校附近共築愛巢。婚後的朝光卻繼續接受朝保自臺灣寄錢援助，不時留下敏子一人，獨自攜著畫具浪跡四方。

朝光結婚之際，里里正就讀高等女學校。有人向我描述過里里的學生生活：

「里里比我大一歲，我們就讀不同學校，卻知道她就是南風原朝光的姪女。朝光為了結婚問題鬧得沸沸揚揚，里里本人也格外受矚目。她穿水手服真漂亮，是大家崇拜的偶像。」

告訴我這些軼事的就是畫家大嶺政寬（一九一〇—一九八七）之妹，大嶺良子女士。大嶺政寬生於那霸久米，繪畫題材幾乎全是沖繩風景，擅長於呈現南國的豔麗色彩。例如沖繩的古老聚落風情、紅瓦屋簷、陽光反射下的白砂道、行路的老者……。大嶺政寬是我最喜愛的沖繩畫家，他與朝光也是知交。前文引用朝光結婚的軼事，其實是出自大嶺先生所述。良子女士受兄長的影響，相當熟悉畫家圈子，她從年輕時就認識朝光和里里。

良子女士自第一高等女學校畢業後，單身前往東京成為打字員。後來到同樣來自沖繩的姊夫志多伯先生經營的沖繩料理店裡幫忙，這間名為「志多伯」的餐館位於新宿。在東京沖繩料理店尚屬罕見的年代，此店吸引許多移居當地的沖繩人光顧，可說聲名遠播。

良子女士四十幾歲後，也在新宿經營一間琉球料理店「壺屋」。大約十幾年前，我就是到店裡小酌才與良子女士結識。初次造訪「壺屋」時，良子女士望著我問道：「妳長得很像沖繩人，請問雙親貴姓大名？」良子女士在東京居住幾十年，對年長一輩的沖繩人皆耳熟能詳。

我說起里里的事，良子女士突然抓起身旁的大火柴盒拋過來，驚呼道：「天啊！妳就是里里的女兒？」接著撲簌撲簌淚如雨下。她想起里里那令人懷念的容貌，激動得喜極而泣：「妳跟里里還真像。不過里里更漂亮，你們母女眼睛生得一般模樣。」

我聽了感到很開心，從此常去店裡，聽她說些里里和朝光的青春故事。曾幾何時，良子女士不再只是家母的舊識，而是我的友人，彼此年齡差距四十歲，卻照樣相偕出遊，還不時歡聚暢飲。良子女士八十歲高齡時，突然表示想去婆羅洲，我們便一起旅行，到當地觀賞世界最大的花朵。

良子女士是刀子嘴豆腐心，她做的沖繩料理像是滷豬肉或炒細麵，全是美味一絕。我們夾著菜餚邊吃邊小酌，良子女士笑說：「里里在天之靈，一定感到很欣慰。」又喃喃說著邂逅還真是奇妙呢。

壺屋店裡掛著其兄大嶺政寬的作品，是一幅盛綻的長籽柳葉菜掩映著紅瓦屋簷的畫作。

恭迎末代皇儲

里里自高等女學校畢業後返回臺灣，十八歲時（一九三五）進入私立臺北女子高等學院就讀。

私立臺北女子高等學院設立於一九三一年，主要是招收女子高校畢業生就讀，設立目的在於提供學生婚前準備和等候步入婚姻的空間，民間稱之為新娘學校。除了基礎學科之外，正規課程亦包含和洋式裁縫、鋼琴、和琴、茶道、日本料理等，實際教學重心在於家政教育。由於學費高昂，唯有家境富裕者方能入學，故有「學習院」之稱。一九三七年戰爭時局日益動盪，家長基於安全考量反對女兒返回日本留學，該校一時學生人數遽增，相傳有不少女學生因結婚而中途輟學。（洪郁如《近代臺灣女性史》）

里里的相簿中有許多穿著高等學院水手服的相片，也有在教室拍攝的，可了解課堂上教授禮儀和裁縫的情景。在我幼時，曾被里里徹底調教小笠原流禮法[2]和飲茶禮儀等技藝，這在清貧生活中根本派不上用場，但都是里里在學院裡學到的禮儀。

臺北女子高等學院與兒玉町的南風原醫院距離很近，學校前面就是植物園，園內有一座「建功神社」。就其他神社常見的格局來看，建功神社的造型相當奇特，中央設有圓頂，外型近似中式又蘊含西式風格。

根據人間環境大學的青井哲人教授所述，神社出現在所有日本殖民都市之中，幾乎毫無例外。日本統治臺灣後，立即於明治三十四年（一九〇一）興建臺灣神社。臺灣神社是在海外殖民地建造的第一座神社，也是祭祀歷代天皇和皇族的官幣大社[3]。受祀神則是所謂的開拓三神（大國魂命、大己貴命、少彥名命），以及「征討臺灣」時殉職的北白川宮能久親王。

建功神社創立於昭和三年（一九二八），用以祭祀在臺灣「為社稷奉獻性命的英

2 小笠原忠統（一九一九—一九九六）於昭和時期推廣小笠原總領家的古傳禮法形式，亦包括茶道、煎茶道等禮儀。
3 朝廷或國家奉繳幣帛的神社，屬於舊式神社中的最高位階。

臺北女子高等學院校門前。後排最左是里里。

靈」。日本治臺之後，規定不拘種族或階級，皆需祭祀戰歿或殉職者。建功神社一萬七千名受祀神之中，漢人占百分之二十，原住民則占百分之二，基於這樣的規定，這座神社在戰爭期間並未改制成為護國神社，建功神社跨族群的特性亦呈現於中、西、和式相混融的奇特建築形式中。里里有一張穿著高等學院水手服在這座神社內拍攝的相片，神社的中央圓頂和前方水池，可說是當時的「摩登」景點。

建功神社至今依然留存，但外觀已有大幅改變，目前是臺灣科學教育館。臺北女子高等學院的現址如今改建為小學，不曾留下絲毫昔日遺跡。

里里在就讀高等學院時期，除了學習油畫之外，還夢想著成為舞臺演員。她加入臺灣的業餘戲劇團成為演員，留下舞臺表演的照片。從相片中無法得知上演的戲碼，似乎是一齣西洋劇，里里在一群身穿戲服的青年環繞中泛著微笑。

此時的里里也踏入新媒體的廣播世界，有幾張相片攝於臺北放送局，里里正坐在麥克風前。

日本於大正十四年（一九二五）開始試行廣播，播送三年後建立起全國廣播網，沖繩則遲至十三年後才設立。臺灣於昭和六年（一九三一）正式開播，最初是由日本中央放送局製播現場播送節目，臺北放送局自製的節目相當稀少，這是由於遵照總督府「同化政策」

的統治方針所致。臺灣自製節目初期，據說沒有專業播音員，只能選擇擅長「長唄」[4]的女學生擔任。里里有業餘劇團的演出經驗，得以參與播音員工作。

臺北放送局保留至今，從兒玉町的南風原家徒步只需十幾分鐘，建於占地兩萬坪的新公園（今二二八和平公園）角落，外型深受新潮的歐風設計影響，是屬於南歐式殖民建築。

廣播開播後約有四千名聽眾，全臺人口將近六百萬人，聽眾卻如此稀少，恐怕是因為每月必須繳付一日圓收聽費，會造成家計負擔所致吧。最初聽眾比例是四比一，廣播對象以日本人為主，據說在臺灣最受歡迎的節目是「浪花節」[5]。此後收聽者持續增加，超過一半的日本家庭成為收聽戶，臺灣家庭收聽戶的最高普及率卻只有百分之九（《放送史料集：臺灣放送協會》）。

里里在臺北放送局的工作，據說是朗讀童話給兒童聽眾，有時參加廣播劇演出。里里進入廣播界的緣由，應是受到南風原醫院的常客川平朝申（一九〇八－一九九八）的引薦。川平比朝保小十六歲，大正十三年（一九二四）隨父來臺，曾在臺灣總督府

4 歌舞伎的舞踊表演中，以三弦琴作為伴奏的吟唱藝曲。
5 江戶末期創立於大阪，以三弦琴伴奏的說書演藝。

情報課任職，在培育臺灣兒童文化方面貢獻良多。川平朝申亦從事廣播工作，或許是他推薦女學生里里到臺北放送局演出。川平朝申在戰後擔任沖繩民政府文化藝術課長，致力於振興沖繩文化，著作相當豐富。川平經常出入南風原醫院，卻與性格衝動的朝保相處不甚融洽。

「里里在臺北當播音員時，我對她的聲音印象極深。她是我心目中的偶像。」

川平朝申的胞弟朝清如此述說道。朝清生於臺灣，與兄長朝申相差二十歲，戰後到美國留學並成為廣播員，與朝申皆是奠定戰後沖繩廣電界基礎的人物。朝清的兩位公子就是知名藝人Jon Kabira與川平慈英。

我對其中一張相片特別感到好奇，那就是里里穿水手服坐在麥克風前的紀念照，川平朝申也在其中，相片下方寫著：

「歡迎殿下之夜〈搖籃曲〉的廣播員們　1935.1.18」

這張相片究竟有何含意？

我調查臺灣放送協會的資料，偶然發現一篇記載：

「一九三五年一月十七日—二月一日　李垠，臺灣視察。一月十八日　臺北放送局〈歡迎李垠殿下之夜〉」

李垠（一八九七—一九七〇），就是朝鮮李朝的末代皇儲（皇太子）。朝鮮與臺灣同為日本殖民地，朝鮮早在明治四十三年（一九一〇）被日本併吞，這位朝鮮皇太子與日本皇族梨本宮方子的政治聯姻已廣為人知。一九三〇年代以後，朝鮮總督府試圖讓朝鮮人成為「皇國臣民」，展開強硬皇民化政策，李垠恰於此時來臺訪問，他應是扮演宣傳日本殖民統治如何成功的角色。

在此補充說明的是日本裕仁皇太子（後來成為昭和天皇）則於大正十二年（一九二三）訪臺，這是歷代天皇和皇太子前所未見之舉，第一次前往日本殖民地。裕仁皇太子來臺之際，「舉行升旗和唱國歌儀式，皇太子與萬名被動員的『臣民』融合為一的情景展露無遺」。所謂的「情景」，無疑就是強制動員臺灣民眾構築出來的現象。

（皇太子）行啟（臺灣）之目的，與巡視或行啟「內地」一樣，是為了讓皇太子目睹「島民為帝國忠臣良民的事實」……。此舉可說是以「內地延長主義」[6]為基礎，

6 促進殖民地與殖民母國的同化政策，將臺灣視為日本國民馴導善化，推行語言教育和獎勵通婚、消除民族歧異等方針。

在視覺上演出與天皇「一視同仁」的絕佳機會。（原武史《可視化された帝國》）

皇族總是以這類方式在殖民舞臺登場，朝鮮皇太子來臺視察的時候，也被安排如此「演出」。對於參加臺北放送局節目〈歡迎李垠殿下之夜〉的里里而言，當日的表演想必是歡喜又自豪的一刻，因為這次演出的經歷，奠定她日後邁向廣播員之途。

昭和十二年（一九三七），蘆溝橋事變引發中日戰爭，以致許多原本將中國大陸視為「祖國」的臺灣人陷入複雜立場。許多臺灣人的親戚或姻親在大陸生活，必須面臨與祖國交戰的悲劇。

南風原家族似乎尚未感受到戰爭陰霾，里里卻面臨了人生轉折。

我只是努力表現爽朗而已

（昭和十三年）臺北市南風原醫院院長之女，臺北女子高等學院畢業生里里於二月前往東京，參加中央放送局的廣播劇演員徵選。當局自一千六百五十名報名者中，選出男子七名、女子三名，里里獲選為講故事廣播員。里里在臺北放送局時經常參

與廣播工作，甜美的嗓音讓全國聽眾大飽耳福。（竹中信子《植民地臺灣の日本女性生活史》）

二十一歲的里里終於實現了去東京發展的夢想，她在啟程前的早晨拍攝一張相片。圓潤的面龐，一襲高級套裝，洋溢著開朗表情。這是她最後一次注視兒玉町的家。

里里在東京中央放送局（JOAK）參與節目演出約三年，以今日說法，是屬於業餘廣播員。東京中央放送局已聘用女廣播員，里里卻沒被正式錄取，只擔任每天播送的節目〈兒童時間〉。里里曾說其中一項工作就是去童話作家的家中取稿，她提過好幾位童話作家，我只記得與田準一[7]。朗讀工作似乎很愉快，里里屢次為我示範：「朗讀方式就像這樣呢！」她親自拿身旁的書唸給我聽。我幼時居住的椎名町一帶，曾有人說起對戰前里里演出的〈兒童時間〉記憶猶新。

里里嗓音甜美，連身為女兒的我也深深著迷。她擁有在殖民地臺灣的生活經驗，發音

7 與田準一（一九〇五—一九九七），兒童文學家、童謠創作家，曾參與日本放送協會的廣播劇本作詞，代表作有童謠集《旗、風、雲》、童詩集《山羊與碟子》、童話《第五十一個文旦》等。

不帶沖繩鄉音，十分適於廣播工作。沖繩於昭和十六年（一九四一）開播節目，是日本最晚開播的地區，里里的美聲卻透過廣播早已流傳。她與母親夏子一樣，可說是走在時代前端的女性。只不過，在沖繩廣播史中，並未留下關於里里的資料。

在東京生活充實的里里，寫了好幾封信給在沖繩工作的良規，以示思念之情。里里所保留的信件裡，只剩良規的回信，卻可推知兩人的通信情形。從兩人在那霸初遇後歷經數年，直到里里返臺就讀臺北女子學院，這段期間應有書信往返。里里前往東京一個月後，良規立刻收到她的來信。

良規已放棄進入大學深造，順從父親建議在沖繩縣廳會計課任職。他選擇沖繩最牢靠的鐵飯碗，卻收到里里熱情來函，內心猶豫不已：

> 三月時突然收到妳的來信，心底感到無限歡喜，卻被某種心情困擾著，那就是若與妳繼續親近，我們之間將會出現無法跨越的鴻溝。說起來，我實在沒有資格接近妳，我過去的所為是多麼輕率。妳擁有真誠、堅定的美好心意，我無福消受，最好當作一段遙遠而令人懷念的平靜回憶。我以為如今的妳已將我遺忘，或許這樣也好。願妳以開朗活潑之心去積極追尋幸福。（昭和十三年八月五日戳印）

良規依然遲疑著是否該接受里里的情意，卻在信件結尾提到：

最近想去東京，如今我對都會生活不再懷有憧憬，正考慮繼續深造。在沖繩工作，最痛苦的莫過於前途黯然。如此下去，我明白反正只是累積年資到退休，年資多久就升遷多高而已。

里里讓靦腆的良規逐漸轉變，此時良規二十五歲，時節為夏季。這封信寄達東京後，里里立刻回覆。良規於是再度去函：

我曾說妳只是性格爽朗而已，真為自己講出這種輕率話語感到羞愧。妳只是努力表現出爽朗，我卻沒有深思這個問題，實在愚昧不堪。妳的爽朗是那麼自然，我以前從未感覺妳有絲毫陰霾。

恐怕是良規在信中稱讚里里的個性「爽朗」，結果被里里反駁，認為自己並非天性使然，只是「努力表現爽朗」而已。我內心深處的寂寞，難道不是你最能了解嗎？這封信應是良規收到里里傾訴後的回信，兩人此後持續魚雁往返。良規與里里生父朝保的性格截然不同，正是里里深受其吸引之處，時而從東京寄去肖像照，或預先告知良規何時有廣播節目播出。

寄來相片的隔晨，我將它放入外套內口袋去上班，感覺有點稚氣，卻很窩心。每天思念著妳。

良規得知里里的出演日期，便溜出市公所到附近洗衣店聽廣播，他穿著一襲白麻西裝，就站在洗衣店門前聆聽節目。沖繩廣播電臺當時尚未創設，是收聽來自臺北放送局的廣播。

正因為如此，良規在信中表示聽不清「妳那令人懷念的聲音」，感到遺憾不已。里里其實也忐忑不安，認為投入五花八門的廣播世界，不適合成為良規的妻子。良規卻在信中表示：

對於妳從事廣播或戲劇演出，我並無任何意見。妳說的那席話反而令我大為驚訝。

在沖繩縣廳任職的良規。

到東京擔任廣播員的里里。攝於上野公園。當時兩人分別在那霸和東京書信往返。

我反覆思索著，想不出任何理由需要在意這種事。我是以更寬容的心態，盼望妳能展露才華。

據說良規也閱讀戲劇書籍，彼此通信八個月後，良規心意漸定，來信向里里表示近期內將赴東京，「決心共築兩人美好生活」。

沖繩研究的先驅

良規寫給里里的信，寄到她在東京的租屋處，地址是「杉並區西田町一之五六六 比嘉春潮先生道啟」。

提到沖繩學，必然一提民俗學者比嘉春潮（一八八三－一九七七）和伊波普猷。這兩位知名學者，奠定戰後研究沖繩文化的基礎。里里和良規深懷著敬意，屢次向我提起這位「春潮老師」。

比嘉春潮生於沖繩縣中頭郡的西原間切翁長村，其父是首里士族，廢藩置縣後家道逐漸式微。孩提時期的比嘉春潮接受嚴格的士族教養並培養榮譽心，少年時期卻遭逢偏激的歧視、意識衝突、地方改制等艱苦經驗。青年時目睹農村社會貧困、日本官僚統治沖繩的社會弊態、沖繩發展落後並停滯不前。這些體驗和環境造就比嘉春潮個性看似溫和且大而化之，卻深藏激進的反骨精神，如此性格成為其日後思想與學問的原點。

比嘉春潮自沖繩師範學校畢業後，短暫擔任小學校長和《沖繩每日新聞》記者，進而組織社會主義思想研究群。後來在沖繩縣廳擔任職員時，發生大正十年（一九二一）無政府主義者岩佐作太郎（一八七九—一九六七）潛入沖繩事件，比嘉受此牽連遭到警方追緝，逃往宮古島途中，在船上與民俗學者柳田國男[8]結識。

當時柳田國男正在九州東海岸和沖繩、奄美等地旅行，將當地見聞彙整為《海南小記》（大正十四年刊行）。在這趟旅行中，柳田也與沖繩縣立圖書館館長伊波普猷相見，他的研究對沖繩知識分子影響甚鉅。

比嘉春潮與柳田國男不期而遇之後，再度返回東京，成為改造社出版部人員，從事編輯工作之餘亦奉事柳田為師，加入柳田主辦的「南島談話會」（大正十一年成立）。南島

8 柳田國男（一八七五—一九六二），民俗學家，探訪日本各地進行山民調查和民俗採集，進而透過鄉土研究奠定日本民俗學之基礎，重要著作為《遠野物語》、《石神問答》、《鄉土生活研究法》等。

談話會的成員包括折口信夫[9]、鎌倉芳太郎[10]、金田一京助[11]、伊波普猷等多位學者。南島談話會成立之前，沖繩並無地方研究會。

> 在東京首度舉辦成功之後，沖繩繼而出版雜誌《南島研究》，臺灣隨後亦刊行《南島》等，共同研究大為興盛。（比嘉春潮《沖繩の歲月》）

比嘉春潮名列臺灣刊行的沖繩研究雜誌《南島》（昭和十五年創刊）的編輯顧問群，南風原朝保也是其中一員。朝保曾受比嘉春潮關照，或許是透過討論沖繩歷史和文化的場合，將里里托付給他照顧。

「沖繩學」在臺灣蔚為風潮，南風原朝保試圖與來自日本內地的研究學者積極交流，例如知名海洋學家須藤利一（一九〇一－一九七五）、歷史學家小葉田淳（一九〇五－二〇〇一）也加入《南島》的研究群。

小葉田淳於昭和五年（一九三〇）擔任臺北帝國大學副教授，該校於兩年前設立。小葉田淳與琉球史的關係中，最為人所知的就是發掘及製作《歷代寶案》的寫本。所謂《歷代寶案》就是自十五世紀以來，傳承四百四十四年的琉球王國外交文書。

《歷代寶案》編纂於十七世紀，被視為琉球王府修史事業之一環，負責撰寫文書的是居住於「久米村」的中國人後裔，這些移民在十四世紀後期從福建移民至沖繩，擔任琉球王國的外交和貿易口譯、實務文書撰寫工作。

《歷代寶案》本由琉球王府保管，廢藩置縣之後，明治政府將其轉交東京內務省保管。這份文書在東京大震災時遭到焚毀，昭和八年（一九三三）卻發現久米村居民另行祕藏一部。

昭和十一年（一九三六），小葉田淳等相關學者在臺北帝國大學任教期間，完整抄寫久米村保管的《歷代寶案》寫本，日後久米村的《歷代寶案》在沖繩戰役中散佚，而臺北帝國大學寫本仍保留至今，對今日得以闡明琉球王國外交全貌有極大貢獻，臺北帝國大學擁有廣大校園和最新設施，成為日本進行南方侵略調查研究的核心機構。不可輕忘的是，

---

9 折口信夫（一八八七—一九五三），民俗學者、國文學者，將國學與民俗學相融合而形成獨特的研究風格，研究足跡遍及東海及東北地方，兩度造訪沖繩從事民俗考察，代表著作如《古代研究》、《近代短歌》、小說《死者之書》等。

10 鎌倉芳太郎（一八九八—一九八三），染織家，以沖繩傳統染織的紅型技法為主，獲得人間國寶之譽。

11 金田一京助（一八八二—一九七一），語學家、民俗學者，主以研究愛奴語及愛奴文學而知名。

這所大學參與推行殖民政策之外，尚有小葉田淳等優秀學者發揮重要研究成果，沖繩研究才得以有今日發展。時至今日，方能深切體會小葉田淳一語道破的深意：「就當時直接留存的文書來看，能像《歷代寶案》保存如此完整的史料實屬罕見。」（小葉田淳《史林談叢》）

小葉田淳在戰後翌年離臺，在此之前，其妻搭乘的運輸船遭到美軍炮火轟擊沉沒，這位學者面臨喪妻之痛始終緘默以對。

《南島》雜誌的編輯顧問群中，與朝保交情尤為篤厚的就是臺北帝國大學的金關丈夫教授。

金關丈夫是香川縣人，生於明治三十年（一八九七），畢業於京都大學醫學部，昭和四年（一九二九）發表論文〈血型與人種心性的關係〉（收於京都帝國大學醫學部《生理學研究》），翌年發表學位論文〈琉球人的人類學研究〉，他在論文中表示這是他與沖繩的最初接觸。金關丈夫日後成為專攻考古學和人類學、民族學領域的學者，在臺灣則是沖繩文化研究領域的翹楚。我在第三章曾提到朝保的研究論文〈從血型觀點分析沖繩縣人之研究〉，應是受到這位醫學部畢業的友人協助才得以完成。

金關丈夫在日後寫下對朝保的印象：

此人隨心所欲，是徹底的樂天派。如此性格造成他缺點甚多，也飽受失敗。……對於那些拒絕他付出感情的人——不幸的是即使是他的親骨肉亦如此——他絕對不再眷顧。反之，對於需要他的對象，則相對地給予無限關愛，始終不離不棄。（〈南風原朝保博士を懐う〉，收於《琉球民俗誌》）

金關丈夫曾因朝保脾氣火爆而發生口角，卻是南風原醫院的常客，兩人常對彼此收藏的古董鑑賞一番。

《南島》編輯群中還有一位是前述的川平朝申，也是朝保的至交。另有一名在臺美籍人士柯喬治（George H. Kerr，一九一一—一九九二），他與金關丈夫和朝保都是熟識。

柯喬治生於賓州，就讀里奇蒙大學時期與中國留學生交流甚密，對東洋史頗感興趣。在夏威夷大學念研究所時，選讀過政治學者蠟山政道的課，並遠赴日本旅行。柯喬治後來代替一位原本欲來臺教書的美國友人，進入臺北高等學校擔任英語教師，川平朝申之弟朝清先生就曾受教於柯喬治，朝清回憶說：

「柯老師對研究充滿熱忱，除了教職之外，還自行追尋探索主題，經常從事臺灣民俗和原住民調查。許多沖繩移民在夏威夷大學就讀，柯老師常與這些學生見面，很早就開始關注沖繩議題。當時沖繩研究在臺灣蔚為風潮，他與沖繩人、研究學者交流十分積極。」

柯喬治和金關丈夫、小葉田淳相識，也加入南風原醫院古董同好會之中。不久戰爭氣氛愈益濃重，柯喬治離開臺灣前，對朝清先生留下幾句話：「將來等世局安定後，請你來美國。相信總有一天我們能自由學習。」五年後，柯喬治與朝清先生再度相見，已是戰爭剛結束的秋季。身為海軍尉官的柯喬治前來協助處理日本投降事宜，後來卻成為美國駐臺副領事，卸任後返美回歸學術研究生活。昭和二十六年（一九五一）於史丹佛大學在學中前往沖繩正式調查，詳細勘查沖繩島和八重山群島、宮古島，並將成果彙編成《琉球の歷史》（英文版於一九五二年發行，日譯版於一九五六年發行）。在這次調查過程中，留下柯喬治與朝保再度見面的照片。

有關柯喬治的背景，一說是「美國首屈一指的臺灣通，曾任職於臺灣轟炸作戰中樞機構」（金關丈夫〈カーの思い出〉，收於《琉球民俗誌》）。被指為與美軍關係密切，由此可推測柯喬治造訪南風原醫院，不單純是基於古董嗜好，可能是為了收集臺灣及戰後美軍統治沖繩的情資，真相如何不得而知。

美國及時對沖繩進行戰後處理，海軍司令部於昭和十九年（一九四四）占領沖繩之際，製作了包含龐大資料的《民事手冊》。這部手冊是動員文化人類學者編纂而成，美國人柯喬治既然對沖繩歷史文化透徹了解，應該也曾參與撰寫工作。

史學家高良倉吉曾向我表示，不應只從美軍收集情報的角度，來探討柯喬治對臺灣與沖繩的研究：

「柯喬治確實屬於美軍一分子，但應該考慮當時美國是採徵兵制。美軍可利用柯喬治的調查，但他的研究並非從最初就替美軍蒐集情資。我認為柯喬治是以純粹學者的身分，想對沖繩有更深入理解，他是一位極其優秀的學者。在沖繩研究領域方面，至今尚未出現比他的著作《琉球の歷史》更精深的英文著述。柯喬治在戰後及時採用微縮膠片的方式，將沖繩和奄美群島的古文書保存於研究機構。古文書早已散逸，卻能留下微縮膠片，更顯得意義非凡。柯喬治還將個人收藏的陶器等物捐贈給沖繩政府保存。在我心目中，柯喬治只是這般人物。」

昭和二十六年。柯喬治為調查琉球歷史而來訪沖繩，與眾友們重逢。中央是柯喬治，右側鄰座是又吉康和（琉球新報董事長、那霸市長）、左側鄰座是比嘉秀平（琉球政府首任行政主席），最左側是朝保。

柯喬治撰寫報告之際，比嘉春潮等人亦提供協助，這些研究與比嘉日後的研究相輔相成，進而與沖繩文化廣域研究產生關聯。

南風原醫院常客之中，還有在臺南擔任律師的沖繩人安里積千代（一九〇三－一九八六）。安里在戰後擔任八重山群島政府知事、立法院議員、沖繩社會大眾黨委員長，致力於推行沖繩回歸日本運動，日後還成為眾議院議員。南風原醫院雖陷入時代巨變的漩渦中，卻是戰後與沖繩緊緊聯繫的場所。

琉球月夜

至於朝保之弟，畫家朝光又過得如何呢？

朝光夫妻從東京的本鄉菊坂住處，倉皇搬遷至淀橋和中野區野方。結婚翌年（一九三一），敏子產下長女奈奈子，隔年生下次女逸子，長男朝雄則於四年後出生。

朝光在神保町舉辦「五人展」，昭和七年與沖繩畫家大城皓也（一九一一－一九八〇）共同發起「沖繩美術協會」，在神田三省堂畫廊舉行首屆美展。並與古波藏保好等同好共襄盛舉，成立新劇研究團。

朝光投身於藝術活動，讓妻子返回沖繩，他自己先後住過池袋和豐島區長崎，並前往福岡、鹿兒島等地旅行，時而遠渡沖繩和臺灣。此時發生一件令朝光終生難忘的事情，過程記載於《南風原朝光遺作畫集》的年譜中，「一九三八　春　為畫家藤田嗣治先生，以及加治屋隆二、竹谷富士夫充當嚮導返回沖繩」。

藤田嗣治[12]是巴黎畫派畫家之一，朝光為何與這趟沖繩之行有關？前述的遺作畫集中提到了這段原委：

（朝光的）畫友加治屋隆二先生、竹谷富士夫先生，與朝光決定相偕去沖繩，正商量旅費時，藤田嗣治先生前來，說：「好像挺有意思，我也想去。」沖繩之旅於是成行。

昭和四年（一九二九），藤田嗣治離開旅居長達十六年的巴黎，此後四年輾轉於巴黎、巴西、阿根廷、墨西哥等地，最後在日本定居。昭和十二年（一九三七）在秋田市富商平野政吉的宅邸完成二十世紀最大規模的壁畫〈秋田年中行事太平山三吉神社祭禮之圖〉（3.65×20.5公尺）。在這一年，「藤田嗣治所屬的二科會[13]內部對藤田推崇備至，由二

科展參展研究群組成的『濤友會』，也將藤田奉為首腦締結組織」。（田中穰《評傳藤田嗣治》，藝術新聞社，一九八八）

朝光正是透過「濤友會」這個組織才與藤田嗣治結識。另一方面，畫家竹谷富士夫是濤友會成員，也一同前往沖繩。朝光並非濤友會成員，但屬於在池袋地區活動的畫家群，平時與竹谷無話不談，是常聚共飲的熟友。

濤友會從昭和十一年（一九三六）起發展七年，活動據點在池袋，據說藤田嗣治有時在此現身。藤田嗣治已是世界知名的畫家，怎會在窮畫家聚集的池袋輕易出現？或許朝光等人恰巧在池袋廉價酒館中商量沖繩旅行時，藤田也加入表示「我也想去」，才會相偕同行。

藤田嗣治抵達沖繩後，借宿在久米町，據說朝光隨時在他身邊盡心照料，當時朝光的

12 藤田嗣治（一八八六－一九六八），巴黎畫派之代表畫家，旅法期間曾於巴黎蒙帕那斯與莫迪利亞尼等知名畫家結識，運用西洋油畫技法融入日本傳統畫技，並以「乳白色肌膚」呈現如代表作〈仰臥裸婦〉等畫作，樹立獨特繪畫風格。

13 日本最初的民間美術團體，一九一三年成立，主要是由山下新太郎、有島生馬等接受法國繪畫思潮的西洋畫家所組成，舉辦展覽會稱之為「二科展」。

三歲長男朝雄與母親敏子同住，朝雄依稀記得藤田嗣治的樣貌：「我對藤田先生印象最深的是他留著妹妹頭。大人們熱絡喧聲中，我打起瞌睡，藤田先生便將我背起來。他曾以家母為模特兒創作好幾幅畫，可惜沒有保存下來。」

藤田嗣治來訪的消息在沖繩成為號外新聞。《琉球新報》為他主辦演講，講題是「談世界」，收於藤田的隨筆集《地を泳ぐ》。藤田嗣治在演講中談起世界各國旅行的情景，最後總結表示：「我深切期盼大家都愛護沖繩豐富的自然景觀，能覺得自己何其幸運，不必去效法歐洲、東京、大阪等大都會的缺失，過著自主的幸福生活。」

藤田嗣治在沖繩最深刻的印象莫過於受邀至尚順府邸。

尚順（一八七三－一九四五），是琉球末代國王尚泰的第四子。生於明治六年（一八七三）的尚順，幼年時歷經明治政府要求王族退出首里城之事，對當時離開王城的情景記憶深刻。琉球王朝滅亡後，尚順遵照王家舊習，於十三歲之年舉行元服[14]儀式，當時的烏帽子親（保證人）就是我的父系先祖——王朝末代三司官與那原良傑。

尚順在東京生活至成年，返鄉後擔任《琉球新報》董事長並設立沖繩銀行，致力於振興各方事業。戰前的舊統治階層在沖繩擁有絕大影響力，尚順亦維持尚家的傳統權威和支配權，又以博學廣識的收藏家而聞名，常在府邸接待來訪沖繩的貴賓和藝術家，更將延續沖繩傳統文化視為舊王室的使命，至於耗費龐大支出則待後文詳述。尚順在首里的私人廣闊莊園中招待藤田嗣治一行，朝光夫婦、竹古富士夫、加治屋隆二夫婦也偕同出席。藤田嗣治描述法國、南美的旅地風光，尚順則請教該如何鑑賞畢卡索的繪畫。

藤田嗣治以尚順素描像作為餽禮，撰文寫下當日尚府的盛宴款待：美麗的植物園、府內優雅的裝飾、酒筵上的山珍海味……。

> 淺池環繞的茶亭置著藤椅，腳畔蚊香裊裊煙起。眉月掛上枝梢，流螢點點，牛蛙奏響如手風琴低鳴，著實令人驚奇。南島之夜悶熱乃是難忘經驗。憶起夏威夷和菲律賓王宮，令人流連不捨。……文學、音樂、舞蹈、繪畫等話題，隨著流水似的豐餚源源而出。一彎銀勾沒入海的彼端，走在唯有螢暉相映的鋪石暗路上步向歸途。此夜的琉球盛宴是令我永生難忘。（藤田嗣治〈首里の尚順男爵〉，山里永吉編《松山王子尚順遺稿》）

14 奈良時代以來的男子成人之儀式，十一歲至十六歲之間舉行，由童子髮型改為成人結髮戴冠（烏帽子）的形式。

這個地方尚未落下戰爭闇影。

藤田嗣治的遺作中有描繪遊廓女子的〈那霸之女〉，以及坐在沖繩紅土堆上的老婦孺子〈沖繩家族〉等。同年九月的二科展則展出〈與島訣別〉等數件畫作，皆是以沖繩為題材的作品。

陽光下的陰影

里里在東京廣播界充實發展，收到良規來信在結尾表示：「我將搭乘三十一日的商船湖北丸去東京。」昭和十五年（一九四〇）二月，與那原家的長男良規理應在家鄉繼承父志，他卻向沖繩縣廳辭職後離家出走。這對當時的沖繩舊家族來說簡直是破天荒的行為，父親良知獲悉後大為震怒，將長男離家出走的罪過全歸咎於自由奔放的里里。

里里描述著兩人在東京重逢時的情景：

「他事先說好今天才到呢。早上我打開租屋窗子一瞧，他已經站在樓下了。輪船比預定提早在半夜抵達，他沿路找到這裡，拎著提包對我說，東京真冷。」

兩人於昭和十六年（一九四一）五月結婚，媒人是比嘉春潮伉儷。喜宴在新橋某餐廳舉行，大合照相片中里里穿著最喜愛的藤紫色絹質洋裝，捲燙髮型、端整的妝容。婚照中的里里，留下一生中最美麗的倩影。

然而，那張婚禮紀念照中不見雙方父親的身影。良規之父良知恐怕是餘怒未息，而里里的父親朝保竟也拒絕出席，究竟是什麼緣故？

朝保的侄兒朝雄對於此事如此說道：

「其實朝保原本另有安排里里的結婚對象，他認為不該將女兒的終身託付給良規。里里卻違逆父意，惹得朝保大發雷霆。畢竟他是火爆性子。」

我幼時只聽說里里和良規是青梅竹馬才被湊成一對，這與里里是出自個人「意願」而結婚的事實有微妙差異。原來里里和良規是在兩情相悅下，堅持結為連理。

惱怒的朝保最後依然託朝光代為出席女兒的婚禮，並轉交鉅額禮金。豈料大部分的禮金最後化為一本本昂貴畫冊，都是朝光盼望已久，總算蒐集到手的作品集，這個人還真拿他沒轍。儘管如此，眾人簇擁的婚禮大合照仍洋溢著喜樂融融。鋪著雪白布罩的桌几，排放銀刀叉和白盤、花飾，歡聚一堂的盛裝出席者。相片中還可發現年輕的古波藏保好先生。東京的五月陽光，向這對新人展露了柔煦的微笑。

里里和良規在豐島區要町構築新居，只是一間小租屋。兩人在此生活，距叔父住的畫家村「池袋蒙帕那斯」不遠，到沖繩人常相聚小酌的池袋十分近便，是容易親近的地點。

里里在婚後堅持從事廣播工作，良規確定將在都廳就職。兩人婚後留下一本共用記事本，作為記錄寄收信日期和內容概要。我閱讀記事本，才得知里里參加放送局的劇團演員招募卻落選，甚至去請託童話作家與田準一介紹工作。她尋找工作的過程其實並不順遂。

藉由這本記事本，我才了解良知和朝保分別從沖繩、臺灣屢次寄錢和食品、衣料來接濟。雙方家長雖不贊成這場婚禮，故意撒手不管，畢竟還是援助這對遠在東京生活的年輕夫婦。

里里於昭和十六年（一九四一）展開新婚生活，另一方面，在臺灣緋聞不絕的朝保又獲得一子。此兒並非光惠所生，而是某位情人與他懷下的私生子。據說情人是山口縣出身，來到臺北工作的新聞女記者。朝保雖有妻室，仍將新生兒納入戶籍，光惠為此大為光火。國難當前的艱苦時代，朝保依然故我，家中騷嚷永無寧日。同年朝保在兒玉町另建新醫院，費心凝神打造和室，堪稱是南風原醫院的巔峰期。

此時，臺灣的戰爭陰影日益濃重。

早在昭和十一年（一九三六），日本政府為因應臨時體制之需，委派已是預備役的海軍大將小林躋造（一八七七－一九六二）接任第十七任臺灣總督。小林躋造就任後立即表

里里與良規的結婚照。昭和十六年五月。

明治臺基本政策，亦即臺灣人「皇民化」、臺灣產業「工業化」，以及將臺灣視為進軍東南亞的基地「南進基地化」。

皇民化運動雷厲風行推展開來，報紙的漢文專欄被廢除了，要求民眾使用日語，甚至禁止臺灣舊俗儀式，推行讓臺灣人改用日本姓名的「改名運動」。

> 抓到不說日語的就佩掛慚愧羞恥的牌子（臺灣人稱為「狗牌」）。廢除臺灣服，砍燒人民家中的祖先牌位與神佛像，強制大家穿和服到神社參拜，祈禱日本「武運長久……」。（殷允芃、尹萍等著《發現臺灣1620-1945》）

在工業化方面，過去只有製糖產業的相關設備，此時開始推展金屬、機械、化學、橡膠等產業，重工業急遽發展。尤其注重開採黃金籌措軍費支出，短暫四年中即開採七成金礦。

在南進基地化政策下，為了聯結南洋和東京而持續開發高雄地區，道路網獲得整治規畫。此外亦開設飛機航線，在臺灣各地建設兼具軍事用途的機場。這些航線不僅聯結臺灣與日本國內，更開闢飛往泰國曼谷、中國廣州等地的航線。臺北與那霸之間也有航線聯

昭和十六年興建完成的南風原醫院新館（兒玉町）。

繫，航程只需四小時二十八分。

里里穿著水手服擔任廣播員的臺灣放送局，從此風格遽變，報紙記載了一則臺灣放送協會成立新放送會館的報導，其中一段以豪勇語氣記述：「本館既是東亞共榮圈盟主日本帝國的南方最前線，將以放送電波展開宣傳戰。」（昭和十五年十月十六日《臺灣日日新報》）

昭和十七年（一九四二），原本不必履行服兵役義務的臺灣人，也開始被徵召為軍人、軍務員或軍伕而被送上前線，兩年後終於實施全面徵兵制。到最後，被送上戰爭的臺灣人超過二十萬人。

第五章

沖繩、臺灣、兩個終戰

攝於東京。新婚的里里和良規。昭和十六年。

池袋被人看輕了——某位在池袋出生的德國文學家如此寫道。在池袋成長的我也深有同感。

姑且不說當今現況。昔日池袋是外地人群集之地，印象中略帶些鄉土味。不像新宿能盡情散發活力，成年人窩在池袋小酒館林立的巷弄裡，懷著抑鬱又彆扭的心情。

《遊歷雜記》[1]一書記載了池袋的地名由來，據說在江戶時期原本是遍布池沼的溼地，從這樣的過往看來，成年人在池袋的某個角落吞著苦酒，話題愈聊愈陰暗，也是很自然的事情。

明治三十六年（一九〇三）日本鐵道開通山手線，池袋在關東大地震之後開發成郊外住宅區。這次地震導致東京的住宅地區大幅改變，富裕階層沿著中央線兩側，建起最流行、和洋混合式的文化住宅[2]。

至於在震災大火中失去家園的下町地區居民，以及一些清貧階級百姓，只能在地價偏

1 江戶後期的僧侶十方庵敬順在遊歷江戶名勝之際所撰寫的見聞遊記。
2 名稱源自於大正十一年（一九二二）東京萬國博覽會時興建「文化村」中的住宅，此後大為流行的一種洋風和式住宅。

低的池袋周圍建造廉價長屋。對於前來東京謀生的外地人而言，池袋的物價低廉易於生活，聚集了不少沖繩和北海道來的外地人，許多朝鮮移民也在此聚居。

那傢伙癱在外頭

明治末期，豐島師範學校在池袋創立，立教大學則於大正時期遷校來此，再加上稍後設立的女子高中自由學園，池袋從此成為學生小鎮。

里里的畫家叔父南風原朝光，住在距池袋不遠的藝術家村「池袋蒙帕那斯」。池袋蒙帕那斯的住客主要是畫家，當地環境又是什麼樣子呢？

繪畫村誕生於昭和六年（一九三一），地點在豐島區要町一丁目。據說最初有一位名叫奈良次雄的習畫生，祖母為他在池袋蓋一間畫室。奈良次雄與朝光同樣就讀早稻田的日本美術學校，他的畫室備受畫友稱讚，於是陸續增建幾間出租給畫友。這些住宅可兼作畫室，省下榻榻米和紙門的支出，又可降低建築費用，出租三年就能回本，比一般住宅獲利更豐。

從這些新人藝術家房客的立場來看，空間略小卻具備畫室，簡直是求之不得的好選擇，故而大獲好評，供不應求，不久形成了擁有二十幾間房舍的藝術村「雀之丘」。只是新人藝術家窮困潦倒，難免無法按時繳房租。

後來當地陸續又興建好幾座藝術村，規模最大的應屬長崎二丁目的「櫻之丘帕德嫩」，共有七十間房舍，是由旅居美國的實業家返國興建。這座藝術村是以美麗的希臘神殿帕德嫩來命名，名稱聽來氣派響亮，卻蘊含支持窮藝術家的氣魄。房舍依租金不同分為兩坪多及三坪大的房間，還有北向採光的木地板畫室。

繼谷中、田端這些便於往來東京美術學校（今東京藝術大學）的地點之後，池袋漸成為美術學生聚集的區域。

「池袋蒙帕那斯」是這幾座藝術村的總稱，據說是由北海道小樽出身的詩人小熊秀雄（一九〇一—一九四〇）命名。小熊秀雄在三十九歲短暫生涯中，留下許多充分蘊含抵抗精神及諧謔、悲痛的著作。還有以「池袋蒙帕那斯」為主題的散文：

> 從池袋到長崎町，住著一種稱為畫家的族群。還有舞者和電影明星等以消費生活為訴求的人物、流浪漢或神父等特異分子、上班族、學生等，充斥各類族群。在外地人聚集的殖民地東京中，堪稱最富娛樂性的池袋近郊，也充滿著表現東京人精神構

造的題材。

這是小熊秀雄獨特的諧謔描述法。小熊秀雄在池袋頗具名聲，與朝光亦有往來。他的作品獲得許多藝術家青睞，本身外型俊美而情史豐富，其妻常子曾記述他充滿毀滅性的短暫生涯。我查閱戰前地圖，發現小熊夫婦的住所，距我出生地椎名町的舊家僅有五分鐘路程。

許多畫家住在池袋蒙帕那斯，代表性人物像是熊谷守一[3]、松本竣介[4]、丸木位里和丸木俊夫婦、創設美術學校Setsu Mode Seminar的長澤節，以及演員寺田農的畫家父親寺田政明，皆是以「池袋蒙帕那斯的招牌」而享有盛名。

我曾向寺田政明的夫人與常子女士請教當時的情形。大家都知道寺田政明與小熊秀雄是摯友。

（畫家們）總之有的是時間，便去某家閒聊。夜裡一杯黃湯下肚，議論正酣眼看著打起來，這時「快去！快去！」的嚷聲此起彼落，就趕忙去勸架。聊到某個傢伙有好作品時，大夥會一起去欣賞。外子曾到某家討論藝術，打完口水戰後回家立刻專心面對畫布。或許這就是競爭心使然吧。

戰爭暗影漸濃之中，畫材改為配給制，畫友們成為切磋磨鍊、互相激勵的同伴。

大家根本不覺得辛苦。就算過得再貧苦，年輕就是本錢，初生之犢不畏虎嘛。藝術村擁有的是「自由」與「希望」。

南風原朝光於昭和十五年（一九四〇）入住池袋蒙帕那斯（或許是櫻之丘帕德嫩的某戶），不僅有昔日畫友為伴，也是他非常熟悉的地區。畫家桑原實後來證實，朝光約於昭和十年就已經是「池袋美術家俱樂部」的主要成員，與熊谷守一、寺田政明等人同為池袋

3 熊谷守一（一八八〇—一九七七），畫風採取極其簡潔的線條與單純明快的色調，代表作有〈蠟燭〉、〈白貓〉、〈舞蹈〉等。

4 松本竣介（一九一二—一九四八），主要以戰爭時期的都會風景或街角景貌為題材，代表作如〈街〉、〈Y市的橋〉、〈鐵橋附近〉等。

美術研究所講師。朝光交友廣闊，「他的親和力是天性使然」（桑原實〈南風原朝光君を憶う〉）

朝光在池袋究竟過著什麼樣的生活呢？關於這部分，可從宇佐美承的著作《池袋蒙帕納斯》得知，這本書中蒐集了許多畫家的實際證言，在畫家浦久保義信（一九〇三—一九八八）的軼事片段中，朝光也曾登場。

> （地點是一對沖繩姊妹花在池袋經營的小酒屋「梯梧」）眾人正歡飲時，浦久保義信跟來自沖繩的南風原朝光發生口角，相互嗆聲要去店外拼個勝負。客人們在店裡豎耳聆聽，隨即傳來有人被飛拋出去的聲響，猜想南風原成了犧牲品。浦久保是魁梧壯漢，向來以柔道五段自豪，南風原卻是非常瘦小的傢伙。誰知走回店裡的竟是南風原。大家紛紛詢問浦久保人呢？南風原一臉漠然，毫不客氣地說那傢伙癱在外頭。

我不知朝光是打架高手，但以他衝動的個性來看，恐怕是向對方施展沖繩空手道。

小酒屋「梯梧」於昭和八年（一九三三）開設，地點在池袋車站西口角落，店內不設

正在創作油畫的南風原朝光。

座椅，只供站位飲食。梯梧是著名的沖繩縣花，在枝梢綻著豔朱色。不少客人為了這對姊妹花，懷著熱情來店光顧。

梯梧的店門是通透的玻璃扉，上面貼了書法用和紙，畫著一株墨痕鮮明的梯梧樹。醉醺醺的畫家三天兩頭便把玻璃門砸破，再照原樣描一株，如此已是司空見慣。店裡客人固定要喝一杯十錢日圓的泡盛。

小熊秀雄是此店常客，據說每次都要喝到爛醉為止，偶爾也痛快打架。常在這間店露面的畫家，還有來自沖繩的宮城與德（一九〇三－一九四三）。

宮城與德生於沖繩名護，十六歲時被先行移民到美國的父親喚去，展開旅美生活。先在舊金山習畫，接著就讀加州美術學校、聖地牙哥美術學校，二十歲開始積極關心社會問題，參與當地日本人組織的左翼藝術同盟，進而加入美國共產黨。昭和八年（一九三三），宮城與德跟加入共產國際的野坂參三接觸，被迫返回日本執行任務。同年與德裔俄國諜報員理查・佐爾格（一八九五－一九四四）會面，受佐爾格之託繼續滯留日本，並允諾加入間諜組織。七年後，宮城與德跟形形色色的人士接觸，取得被列為國家機密的日本石油儲存量數據。

宮城與德和佐爾格、新聞記者尾崎秀實（一九〇一－一九四四）等人向蘇聯洩露日本政府機密，涉入所謂的「佐爾格事件」[5]。

在東京時，宮城與德常與沖繩人積極接觸，比嘉春潮就是其中之一。宮城現身於池袋的梯梧，試圖尋求沖繩人協助。在中國、日本各地旅行蒐集情資時，不忘隨身攜帶畫冊，藉著畫家身分到處去旅行，以此避免引人懷疑。宮城與德期盼堅持初衷成為畫家，即使奉命蒐集情資，仍創作了許多油畫和粉蠟筆畫作品遺世。其中多為風景畫，筆觸纖細而柔和，清透明亮之中流洩一抹孤寂。

宮城與德是優秀又充滿個性的畫家，如果不是涉入諜報工作，日後或能成就名家事業。宮城屢次造訪池袋的梯梧，對這些隨心抒發藝術論的畫家，他又是懷著何種想法看待他們？

宮城與德在昭和十六年（一九四一）被逮捕，日本政府於翌年公布佐爾格事件。朝光曾評論宮城的畫作，當他得知消息時的反應是「錯愕至極」。

兩年後，宮城與德在判決未完前病死獄中，眾人對他的印象是「性格文靜、老實溫

---

5 日本警視廳於一九四一年九月起至翌年四月，陸續逮捕在日本長年從事諜報工作的理查．佐爾格、朝日新聞記者尾崎秀實、畫家宮城與德等人，據其罪證予以監禁判刑。

朝光在石神井畫室留影。與俄羅斯茶坎合照。昭和三十年。

順，卻蘊藏著某種激情」，短暫四十年生涯就此結束。一年後，理查・佐爾格與尾崎秀實遭到處決。

朝光在池袋蒙帕那斯居住兩年，後來雖然在東京都內輾轉遷居，卻每日依然現身於池袋酒館。時而返回沖繩與妻兒相見，經常渡臺探望兄長朝保。

昭和十三年（一九三八），臺灣舉辦「第一屆臺灣美術展覽會」，朝光以作品〈油燈靜物〉獲得特選。戰爭暗影逐漸迫近藝術界，雜誌《臺灣時報》對這次展覽有以下記述：「我們深信在聖戰之後，即將面臨積極完善日本文化的課題。換言之，就是為了實踐以文化征服世界的大理想，繼續向前奮戰。」

年逾三十五歲的朝光，創作活動在此時達於巔峰。

昭和十四年，也就是入居池袋蒙帕那斯的前一年，朝光首度參加國畫會[6]舉行的「國展」，此後每年參展。朝光在沖繩那霸舉辦個展，昭和十七年獲得「第一屆臺日文化賞」的殊榮，翌年獲得國畫會賞，受到舉薦成為會友。對於畫家南風原朝光來說，這幾年應是人生最充實的時刻吧。

6 由京都的日本畫家入江波光、村上華岳等人於一九一八年組成的重要藝術家團體，其展會稱為「國展」。

難以下嚥啊

新婚的里里，在戰雲密佈下過著什麼樣的生活呢？

昭和十七年（一九四二），里里產下長女，從新婚居住的要町遷至鄰近的椎名町長屋。出身富裕家庭的里里，開始過起清貧日子。丈夫是公務員，只要量入為出，生活應可無虞，她卻缺乏管理家計的才能，婚後照舊過著優渥生活，與單身時無異。朝保為此發怒去函，措詞嚴厲要求她「按照良規的收入過日子」。

里里留下一張紀念照，抱著剛出世的長女，參加在東京舉行的沖繩縣立第二高等女學校同學會。那已不再是兩年前新婚時美麗的里里，一襲條紋和服的容姿是如此瘦弱，不見一絲昔日的活潑形象。

當時的里里可能已罹患肺結核。她初次體驗到慘澹生活，戰爭的陰影。

「看到剛結婚幾年的里里，憔悴的模樣真令人大吃一驚。大家紛紛說，昔日的千金小姐里里吃了不少苦啊。」

這段證言出自大嶺良子女士，她是里里在沖繩就認識的舊友。甚至還有人說，里里是與良規結婚才造成不幸。

里里和良規的婚姻，並不受周圍意見所影響，過得和諧而融洽。倒是良規對新妻拙於打理生活的程度，簡直是瞠目結舌。掃地洗衣樣樣做不來，更別提燒一手難吃的菜了。據說她只喜歡編拿手的蕾絲編，做些裁縫而已。良規說他隨即領悟到，與美麗活潑的廣播員里里展開結婚生活，日子將是多麼淒慘。我還記得里里說過：

「結婚前夕，我問良規可有什麼不愛吃的。他半開玩笑說：『除了炸金魚天婦羅，我什麼都吃。』我就想以後不管煮什麼菜，他一定會接受的。」

此後里里做家事並沒有精進。在我幼時，曾因受不了里里煮的菜，覺悟到唯有自食其力才能填飽肚子，甚至親自奮起下廚。良規則認為儘管使用常見的食材，里里也能煮得如此難以下嚥，就某種意味來說，的確是非同凡響，莫名生起了感佩之心。

里里從臺灣攜來許多喜愛的衣裳及和服，逐一變賣出去，都化成了生活費用。朝保深具時尚感，總是給女兒打點最流行的服裝，再去照相館拍照留念。相片裡那些自豪的衣裳，就此一件一件消失，里里日後望著照片，懷念似的對我訴說這件是什麼布料，那件又是什麼顏色的。

貧困生活中唯一留下的，就是里里在婚禮時穿的藤紫色絹質洋裝。那是一襲質地柔軟、有對開V字領的漂亮衣裳。里里告訴我，那件是她親自設計的，要割捨時心裡真是煎熬，所以留了下來。

從美軍日益慘烈空襲東京的戰爭末期，直到戰爭結束，里里和長女一直留在疏散地九州大分縣。公公良知與續弦的妻子、良規的祖母睦達也在當地。

昭和十九年（一九四四），塞班島淪陷在即，日本政府召開緊急內閣會議，決定將西南各島的老弱婦孺集體疏散。沖繩縣疏散八萬人至日本本土，兩萬人至臺灣。當時沖繩縣人口約為五十萬，堪稱是大規模疏散。在這段過程中，甚至發生疏散船遭到美國潛水艇的魚雷擊沉等慘劇。最後約有七萬名沖繩縣民疏散至九州各縣，與那原家亦在其中。

沖繩離島、宮古、八重山的居民主要疏散至臺灣，據說一般民眾與兒童共約一萬四千名。

由於良規在都廳任職，所以必須獨自留在東京，但常常前往大分縣探望妻女。

良規因罹患小兒痲痺導致行動不便，並未受徵召出征。良規親口說過，他獨自留在椎名町生活，被人責罵是「非國民」。良規這個人，可是會暗藏美濃部達吉提倡的「天皇機關說」[7]之類的書籍。美濃部的主張發表於昭和十年（一九三五），早已引起爭議。戰爭期間，良規把這些書帶進防空洞，記得幼時他曾拿給我看。當時有不少人對戰爭抱存質疑，良規亦是如此，但在他內心卻存著無法親赴戰場的難堪。

疏散至大分縣的里里，陷入更沉重的困苦生活中。原來公公良知認為長子被媳婦所奪，待她十分嚴苛。其實，過慣了富裕家庭生活、個性自由奔放的里里，也不是沒有錯處，她將僅有的食物藏起來自己偷偷吃，有時還被公公發現。良知曾親口講述給我聽，這只是惹怒公公的諸多事件之一，但已足夠讓他歷經數十年仍牢記於心。

良知的妻子與里里處得也不融洽。里里在九州唯一的救星，就是良規的祖母睦達，只有睦達會迴護她。據說身為基督徒的睦達每日平靜地向耶穌祈禱，從來不曾間斷。

里里從大分縣寫過好幾封信給良規，訴說著生活苦悶。良規回覆妻子的信，依然保留至今。

> 想過開朗生活，唯有靠自己積極表現開朗才行。逐漸打開心扉，凡事真誠與對方交談，別心存芥蒂。即使不覺得有趣，也試著笑一笑。只要笑出來，自然變得心平氣和。

7 美濃部達吉（一八七三—一九四八）於昭和十年提出的憲法學說，主張統治權屬於國家法人，天皇為國家最高機關，應在內閣等機關輔佐之下執行統治權。

從不曾教訓妻子必須順從父母這點來看，非常合乎良規所為。這封信也流露出良規無法見到幼女的寂寞。

（想起長女）我就感到無限寂寞，焦躁難安。昨夜終於忍不住拿皮寶（指淘氣的長女）的小衣衫，抱著它在兩坪大的地板鋪床入睡。

如此反映著年輕父親的酸楚心聲。人人皆竭力面對艱苦生活，里里和良規的故鄉沖繩，此時逐漸捲入腥風血雨的陸戰中。

禁止日本人進入

昭和二十年（一九四五）三月，美軍自沖繩慶良間群島登陸。在此之前，沖繩已遭到空襲所害，尤其是昭和十九年十月的那霸空襲，造成九成市街毀滅。里里與祖母安穩度日的那霸街巷、良規散步過的瀰漫著舊時王朝習氣的古都首里，從此消失於世間。

在臺灣逗留的朝光，此時獲悉自己將被徵召入伍。消息是透過在臺灣總督府工作的友人告知，朝光便從臺北搭機返回那霸。朝光大概沒有反戰意識，我不曾發現他有任何反戰言論，但是他只想過著無拘無束的藝術家生活，以此為人生目標，根本無意前往戰場。即使身處於戰亂中，朝光仍堅持描繪靜物和美麗的風景畫。

朝光返回故鄉後，目睹那霸遭受空襲時的慘況。據說他站在天久高臺地上，注視著那霸陷入熊熊烈焰中，一時無法言語。

此時浮現於朝光腦海裡的景象，恐怕是當年與畫家藤田嗣治接受琉球王子尚順的款待，在美麗莊園中觀賞的景致吧。眾人興致勃勃討論著藝術，鍾愛沖繩之美，流螢閃爍之夜……。如今尚順府邸已由軍隊接管，尚順本人則於昭和二十年（一九四五）六月，沖繩戰役即將接近尾聲的僅僅一週前，在本島南部米須的避難壕溝裡衰竭而死。素以美食家著稱的尚順，為了筵請賓客不惜親自在廚房監督御膳，據說臨終時連一口食物也沒有。

沖繩戰役造成重大傷亡——十三萬沖繩百姓、九萬名日軍、一萬兩千名美軍犧牲。另一方面，美軍也積極對臺灣展開轟炸。昭和十九年（一九四四）秋季以後，美軍B29轟炸機空襲全臺，首要目標是軍需設施、糖廠、發電所。翌年，臺北市區空襲愈益熾烈，除了機場和工廠，象徵殖民統治精神的臺灣神社也遭炸毀。市區的一處防空洞被直接命中，造成六百人死亡。美軍的轟炸目標，逐漸逼近「城內」，根據該年五月三十一日的記載：

天空轟轟響起敵機B29的震撼噪音，炸彈落下時的尖銳聲音劃破大氣層直墜而下。「颯颯——」發出撕裂絹帛般的詭異銳響，接連不斷交相響起。這場大空襲造成素有「小東京」之稱的臺北市頃刻化為灰燼，瓦礫堆積如山。（牧野清〈戰時期を臺灣で苦鬪〉，收入石垣市市史編集室《市民の戰時、戰後體驗記錄》）

戰禍造成全臺死者五千五百人、失蹤四百人、受波及者二十七萬人。房舍全毀一萬戶，船舶及鐵路受害慘重，在臺戰死及病歿者總計超過三萬人。

昭和二十年（一九四五）八月十五日正午時分，玉音放送宣告日本戰敗，這項消息同步在臺灣發表。天皇親自宣布接受盟軍〈波茨坦宣言〉的要求，無條件投降，在臺灣負責轉播的機構，正是里里曾參加廣播劇演出的臺北放送局。

太平洋戰爭開戰之後，臺灣放送協會逐步擴大對海外放送的功能，臺北發布的玉音放送因而廣泛傳至東亞一帶。以「發送電波投入宣傳戰」為奮戰目標的臺北放送局，此時卻負責傳遞天皇宣告終戰的「御聲」。但是經多數人證實，並無法聽清楚內容。

〈波茨坦宣言〉明確規定，戰後應履行兩年前由美國總統羅斯福、英國首相邱吉爾，以及中國戰區最高統帥蔣介石公布的〈開羅宣言〉。而〈開羅宣言〉中明示了「日本向中國人竊取的所有地區，諸如滿洲、臺灣、澎湖群島等，應歸還中華民國」。根據〈波茨坦宣言〉的承諾規定，日本主權僅限於以本州為主的主要島嶼。

至於臺灣則納入中華民國版圖成為「臺灣省」。當時中華民國已加入聯合國，但在中國境內，國民黨與共產黨內戰方熾。臺灣在日治期間，中國發生辛亥革命（一九一一年）推翻滿清，繼而建立中華民國。對日抗戰結束後，國民黨面臨以農村地區為根據地的共產黨不斷擴張勢力，雙方對立日深。

由蔣介石主導的國民黨政權被迫撤退至四川省後，陸軍上將陳儀受命擔任臺灣省行政長官，同時兼任臺灣警備總司令，開始籌備占領臺灣事宜。

戰爭結束兩個月後，蔣介石於十月十七日派遣國民黨軍兩萬兩千名、官員兩百名，在美軍衛護下自基隆登陸，開進臺北。十月二十五日在臺北公會堂舉行「中國戰區臺灣地區受降式」，宣布臺灣回歸中華民國國民政府主權之下，臺灣從此回歸「祖國」，臺灣民眾欣然歡迎。自即日起臺灣人民更改國籍為中華民國，過去在臺居住者稱為「本省人」，來自中國大陸的新移民則稱為「外省人」。

臺灣總督府將政權移交國民黨，日本在臺遺留的統治機構也由國民黨政權繼承，並接收日本公營企業與公有資產、民間企業及私有資產。直至昭和二十二年（一九四七）二月底為止，（除了土地之外）包括公家機關、民營企業、民間私有財產在內，接收總額高達一百零九億九千零九十萬日圓。有某些意見指出，與其說國民黨政權接管日本資產，毋寧說是掠奪臺灣社會的財富。

國民黨政權取得「國家資本」接手營運後，本省人卻被排除在外，官僚接收資產時，出現大肆侵吞公款的情形。加上社會秩序紊亂、通貨膨脹、物資匱乏等問題，對居民生活直接造成衝擊。原本期盼回歸「祖國」的本省人，對國民黨政權漸感失望。

當時包括軍人在內，在臺日本人數超過四十八萬名，日本戰敗後，這些軍民處於微妙立場，甚至發生多起暴力事件，皆以日本人為攻擊目標。

森鷗外長子森於菟（一八九〇—一九六七）於昭和十一年（一九三六）至臺北帝國大學醫學部赴任，他對戰爭剛結束時的情景有如下記述：

> 我從二樓部長室的窗口，朝隔壁棟掛著「臺北帝國大學醫學部」門牌的大門望去，發現有幾名學生來拆下門牌離去。也就是說，此地從即日起再不屬於日本領土。我還望見門內貼一張紙，寫著「禁止日本人進入」。

以終戰為分水嶺，彷彿看見臺北帝國大學明顯變化的樣貌。

素有「東洋第一」之譽的臺北帝國大學醫學部，朝保也是在此踏出在臺第一步。據說朝保年輕時在東京受到森鷗外的親切招待，因此屢次造訪其子於菟。森於菟與朝保的好友，也就是民俗學家金關丈夫亦有深厚交情。

國民黨政權為了復興戰後臺灣，繼續留用七千名日本研究者和技術人員，主要是醫療、教育以及各產業領域的人士。在「臺灣大學（舊臺北帝國大學）」擔任教職的森於菟和金關丈夫，也列入「日僑留用者」名冊。

拿不走就毀了它

至於南風原朝保，又是如何度過戰後的動盪期？

南風原醫院未受臺北轟炸之害，安然矗立於兒玉町。經常來訪的沖繩人律師安里積千代，在手札《一粒の麥》之中，記載了一則軼事。安里有一位臺灣熟識，自稱名叫「蘇亞民」，此人曾對日軍提供協助，安里憂心他在戰後恐將遭到國民黨緝捕。豈知某次蘇亞民忽然現身，表露自己的身分其實是「國民黨軍的高階諜報官」。

蘇亞民與朝保交情頗深，戰後不久，正當朝保與蘇亞民、安里三人在南風原醫院中熱切討論時，突然闖入兩名外省籍軍人。他們原本態度傲慢，一見到蘇亞民，立刻僵立著不敢輕舉妄動。蘇亞民以中文與兩人交談後，他們立刻離去。安里詢問緣故，原來是來請朝保出診，蘇亞民解釋剛才那段中文談話：「我警告他們以後別來找這間醫院麻煩，永遠不准再來。當然我有表明自己的軍階身分。」這位蘇亞民究竟是何許人物，安里也不明底細，只知他是在蒐集在臺沖繩人的資料。

我閱讀有關戰後滯臺體驗的資料（《市民の戰時、戰後體驗記錄》），留意到一篇有關朝保的證言，內容頗為耐人尋味：

如此情況下（指戰後的混亂期），那位在兒玉町擁有醫學博士頭銜、開大醫院的南風原醫院院長，以及赤〇某等人組成琉球人協會，在醫院前豎起看板——「今日吾等回歸偉大祖國中華民國之懷抱」。對日本人惡意批評，內容委實不堪入目。此人欲藉此一躍為戰勝國民，洋洋自得之態引得日本人顰蹙，皆為其態度丕變而感到茫然自失，唯有搖首興嘆而已。昔日聽人責言「琉球人乃是忘恩負義之徒」，此話不時迴繞於心。我以帝國軍人之身效命戰場，敗戰以來，未曾嘗受過如此無地自容的

心境。（作者為沖繩人，在臺中高農學校在學中以學徒兵入伍）

文中提到的「赤〇某」，就是指戰後在臺灣提倡「琉球獨立論」的赤嶺新助。醫院前豎立的看板，內容應是主張「沖繩歸屬中國論」。

赤嶺新助生於那霸市，曾任《沖繩日日新聞》記者，昭和十三年（一九三八）渡臺，在臺灣總督府管轄的專賣工廠任職。某夜赤嶺在臺北市持著地圖和石油燈，被警察發現後誣陷他為間諜，被監禁在臺北刑務所。

這起間諜事件是導因於日本軍警對沖繩人的偏見和歧視。赤嶺遭遇此事後，從此組織「琉球青年同志會」，高揭著琉球人歸化中國及推動獨立運動的旗幟，為救濟沖繩民眾運動而奉獻心力。（又吉盛清《臺灣　近い昔の旅》）

赤嶺新助這個名字，出現在戰後立即製作的「留用者」名冊中。滯留臺灣的沖繩人稱為「琉僑」，藉此與日僑區別。四百四十四位「琉僑留用者」之中，赤嶺也名列其中。琉僑留用者名冊記載的人士，皆註記著技師或機械職工領導員等職銜，唯獨赤嶺新助的留用資格欄是空白。這究竟是何緣故？我私自推測，認為應是國民黨政府得知赤嶺新助在從事「琉球青年同志會」等活動，將他視為協助政權的重要人物。

朝保贊同赤嶺新助主張的中國歸屬論，是否真的屬實？除了前文提到那位沖繩民眾的證言外，並未發現其他任何證據。經常造訪南風原醫院的川平朝申，在〈我的前半生記錄〉（〈わが半生の記〉，《沖繩春秋》第六號）之中，有以下記述：「南風原朝保博士信心十足表示能永留臺灣，……他自稱有中國要員作為靠山，保證絕對能留下來。」真相如何則不得而知，此事或許與朝保跟赤嶺在醫院前豎立看板提倡沖繩回歸中國一事有所關聯。

朝保的立場究竟傾向於支持沖繩、抑或日本？我在第三章提過，朝保在昭和十四年（一九三九）發表的論文《從血型觀點分析沖繩縣人之研究》中，主張沖繩人與日本人屬於同源的日琉同祖論。難道短短不過數年，就改為全面支持中國歸屬論？

其實戰爭結束未久，有一座島嶼亦積極展開「臺灣歸屬論」，就是與那國島。

據說論調是由某位人士發起，此人戰後從臺灣撤離回到與那國島，提出陳情書要求與那國島歸屬臺灣。有關此事件，在《八重山每日新聞》的連載報導〈與那國之人〉（〈どぅなんの人たち〉，一九九七）之中有詳細說明。

陳情書原本欲將遞交蔣介石，要旨為：

與那國島在戰後社會混亂及生活低迷下，陷入前途茫然的無政府狀態。若欲重建當地，盼能早日歸屬臺灣，畢竟兩島自戰前即屬同一經濟圈和漁業活動範圍，與那國島方能克求民心安定，經濟復甦。有鑑於此，提出請願以求歸屬臺灣。

陳情書中共有三十名與那國島民聯合署名，原本打算透過走私船送抵臺灣，卻走漏風聲被美軍查知，結果未能如願。

從戰前開始直到戰爭剛結束之間，與那國島是以臺灣銀行券作為流通貨幣。寄自日本本土的郵件，甚至還出現「只要寫明是經由臺灣基隆郵便局寄到與那國島，信件即可更快寄達」的情況。臺灣跟與那國島地緣相近，發生陳情運動並不足為奇。

與那國島展開的臺灣歸屬運動，被戰後占領沖繩的美軍知悉，僅短暫持續一年就平息了。與那國島無論是距沖繩或相鄰的石垣島，皆不如與臺灣之間的距離接近。或許唯有與那國這座「國境之島」，才可能出現這樣的請願運動。

戰爭結束後，朝保擔任「在臺沖繩縣人會」的會長，面臨最棘手的課題，就是如何處理一萬名在臺沖繩人的撤離問題。

一九四五年戰爭結束後，日本人自十二月起開始撤離，除了留用者之外，分別依照軍人、軍人遺族、一般居留者的順序進行，至翌年四月撤離完畢。離臺之際，規定只能攜帶兩個手提行李和現金一千日圓。許多日本人在臺灣賺取大筆財富，卻無法帶回祖國。

最初僅有日本人被送返歸國，沖繩既屬美軍接管，沖繩民眾因此無法撤離。戰後除了少數人自行打造木船回鄉之外，大部分的在臺沖繩人只能一籌莫展。

「沖繩同鄉聯合會」是以沖繩縣人會為主體組成，負責與有關當局和美軍交涉撤離事務。擔任會長的與儀喜宣（一八八六—一九四八）是臺灣水產界的巨擘，在旅臺沖繩人之中擁有「頭號大亨」之稱。南風原朝保則擔任副會長，安里積千代、川平朝申也參與活動。聯合會事務所設於南風原醫院內，美軍司令部的高階官員曾前往醫院進行交涉。

從沖繩人撤離運動中，可窺知唯有沖繩人才會從事的活動，那就是利用沖繩傳統藝能表演舉辦慈善活動來籌募撤離費用。這項稱為「琉球藝能之夜」的活動，是由川平朝申擔任主要企畫者，時間是昭和二十一年（一九四六）二月，場地則租用臺北公會堂。

臺北公會堂（今臺北中山堂）經過修繕後，今日仍保留舊時風貌。這棟建築是臺灣總督府委託建築家井手薰設計，昭和十一年（一九三六）竣工，建築體共有四層，內設三間大廳。公會堂一樓正面有弧形拱門式的玄關，牆壁巧妙採用濃淡兩色壁磚以凸顯變化感。較之於昔日大量使用紅磚的「辰野式」建築，公會堂予人風格鮮明的印象。內部採光、階梯扶手、甚至是門扉，皆出於井手薰講究的巧緻設計。據說臺北公會堂在日治時期經常連日放映電影或上演戲劇、舉行演講及婚禮。昭和二十年十月二十五日，接受日本正式投降的典禮亦在此舉行。

為了慈善捐款舉行的「琉球藝能之夜」，表演節目有琉球古典舞蹈、組踊（琉球傳統歌舞劇）、合唱等，湧入大批觀眾熱烈捧場。川平朝申在散文〈我的前半生記錄〉中，描述當日朝保的表現：

> 南風原朝保博士穿著一襲晨禮服上臺開場致詞。我曾要求他：「只要穿著得體，普通服裝就行了。」他卻把此話當耳邊風。我主張既然要舉辦救濟慈善表演會，主辦者最好避免華服出場，只不過……。

朝保不是那種會乖乖就範的人物。

在沖繩同鄉聯合會與相關機構協助下，沖繩人比日本人延遲半年離臺，昭和二十一年（一九四六）十二月全數撤離完畢。

原本隱約讓人以為有國民黨政府支持的朝保，也無法續留臺灣，搭上最後一艘撤離客船返回沖繩。

朝保在臺灣旅居長達二十七年。當他初次踏上臺北的那一年，臺灣總督府剛興建完成，此時遭受轟炸的遺痕令人怵目驚心。當時盛年二十六歲、在臺北感到前途光明的朝保青年，如今已年屆五十三歲。朝保與兒玉町，皆經歷了悠悠歲月。

至友金關丈夫記述了朝保撤離時的情景：

> 據說（朝保）離開臺灣時，堅持要帶走平日愛用的細巧雕工紫檀小桌，卻擔心途中毀損，表示要先將桌腳拆下。正在拆拔時，黏膠因年久硬化，桌腳被折壞了。就在此刻，朝保對先前還眷戀不捨的小桌，突然「喝！」的一聲使勁把它砸碎，頭也不回地離去。（《琉球民俗誌》）

金關在文章中，繼而描述朝保對人情的付出亦是如此。

朝保離開兒玉町之際，可曾回頭注視過南風原醫院？這棟充滿了里里回憶的二層樓舊家。

悲情城市

朝保返回沖繩的翌年二月二十八日，臺灣發生震撼全島的「二二八事件」。事件的起因在於「本省人」與「外省人」之間的對立日益激化。

國民黨政權將香菸列為專賣品，視之為重要財源，當局嚴格管制私菸，背後卻由政府高官及關係業者大量走私，牟取暴利。本省民眾對政府當局平時只查緝市井小民的私售行為，早已心生不滿。

這種不滿情緒不僅來自於國民黨政權的嚴格取締，尚有對新政權取代日本政權的「脫殖民地化」原本抱持高度期待，卻因國民黨相關人士貪腐橫行，加上經濟狀況惡化、失業人口不斷增加，進而要求地方自治卻未被採納，導致民怨達至極點，隨時可能引燃暴動。

日本投降一年半之後發生的「二二八事件」，地點位於臺北市某夜市內的繁華商店街，這個夜市是沿淡水河岸發展而成。

事件導火線是一名臺灣婦女因販售私菸，被專賣局檢舉隊的取締員沒收香菸和現款，這名寡婦必須獨力撫養幼子，央求取締員歸還現款卻遭到拒絕，甚至被槍枝敲擊頭部而流血倒地。

目擊情景的群眾便對取締員展開襲擊，取締員開槍之後，造成一名民眾當場死亡。群眾進而包圍附近警局和憲兵隊，要求交出逃匿的取締員，卻遭到拒絕。

翌日清晨本省民眾組織示威隊伍，遭到機關槍掃射，造成四名民眾死亡。本省民眾占據放送局以示抵抗，進而號召全臺展開抗議行動。

這間放送局就是昔日的臺北放送局。由於距南風原醫院極近，朝保一家離去後，這一帶也籠罩在騷動氣氛中。號召全面抗爭的聲浪擴散全臺，造成各地省籍衝突。來自中國大陸的增援部隊抵臺後，進行激烈鎮壓並展開殺戮和肅清。一個月內遭殺害的人數未有定論，據說超過二萬名以上，尤其是對本省籍知識階層的鎮壓最為熾烈。

這起事件造成本省、外省籍之間的嚴重創痕，亦即所謂的「省籍矛盾」，至今未曾抹滅。

二二八事件的動盪中，昔日經常出入南風原醫院的美籍史學家柯喬治，正在臺北擔任美國領事館副領事。與柯喬治同樣參與古董同好會的金關丈夫，因留用身分在臺生活，他描述了當時情況：

我們日本人悄悄躲匿家中，柯喬治卻大為活躍，以臺灣人（本省人）的立場觀察事件發展，任何事皆向美方通報。三月九日以後，事件主導權逐漸轉向國民政府，柯喬治的大膽行徑當然替他個人招來危機。當他察覺凶多吉少，立刻匆匆返美。近來我閱讀一、兩本中共方面出版的二二八事件書籍，發現柯喬治被描述成替美帝主義賣命的爪牙。換言之，柯喬治被解讀成向臺灣宣傳中國大陸政策失敗、費盡心思促使臺灣交由國際管理的人物。這對柯喬治來說並不公平，我認為他當時沒有刻意如此，只是純粹基於人道主義立場而已。（《琉球民俗誌》）

柯喬治返美後擔任華盛頓大學東洋學講師，他被臺灣當局列為危險分子，與金關丈夫通信時甚至必須經由仲介人轉交。

直至近年為止，二二八事件在臺灣均被視為禁忌話題，侯孝賢導演的電影《悲情城市》（一九八九年），第一次直接面對、探討事件始末。《悲情城市》榮獲威尼斯影展金獅獎的殊榮，獲獎當時，臺灣觀眾卻無法觀看。該片因擔心政府當局檢閱，是在日本拷貝後直接送往參展。曾有人指出：

這部作品在戰略性策略下被送往海外，藉著榮獲國際影展大獎作為伴手禮，就此突破臺灣的電檢制度。（丸川哲史《臺灣、ポストコロニアルの身體》）

《悲情城市》一片的貢獻，不僅對於二二八事件受害遺族會的成立及相關史料發掘有所助益，甚至對日後的臺灣民主化運動產生莫大影響。

儘管如此，里里昔日坐在麥克風前的臺北放送局，已成為上演臺灣近代史的多元化舞臺。例如日治時期的日語廣播節目、玉音放送、二二八事件……。

這棟建築目前是由臺北市政府管理，成立「二二八紀念館」，作為傳遞整起事件始末的地點。

我前往這座紀念館，走入館內，有一名男性志工講著日治時期所學的流暢日語，熱心訴說事件梗概兼而批評國民黨，館內陳列著相關照片和資料。我想起母親曾在這間放送局演出廣播劇，內心百感交集，一時無法言語。唯有想像著里里，同樣走過這片木質地板。

別忘了泡盛

在此暫且讓時光倒流，另行追尋畫家朝光的足跡。

朝光目睹那霸毀滅之後，與妻子疏散至九州熊本，在當地得知戰爭結束的消息。九州各地有許多沖繩疏散民眾，戰後翌年，朝光擔任「沖繩人聯盟九州本部」的幹部。「沖繩人聯盟」的組織目的，在於提供聯絡和救援這些無法回到飽受戰禍且被美軍占領的故鄉，只能留在本土生活的沖繩民眾。發起人是在東京發展的比嘉春潮、伊波普猷、比屋根安定、大濱信泉等沖繩知識分子。

這個聯盟主要是安排運送救援物資到沖繩各島，或居中協調返島事宜、救濟在日本本土的沖繩居民。當時在本土居留的沖繩人有五萬名，據推測在九州就有約四萬名。

身為聯盟幹部的朝光積極參與活動，他前往九州各地慰問沖繩疏散民眾，並組織「琉球古典演藝團」，以琉球古典音樂家和舞蹈家為主軸，也在東京舉行公演。對朝光而言，最痛心的不僅是故鄉化為焦土，更重要的是沖繩文化與傳統演藝即將面臨斷絕命脈的問題。這不愧是朝光會承擔的責任，據說九州各地的沖繩民眾，對表演團一行紛紛熱烈歡迎。

昭和二十一年（一九四六），朝光的三女在大分縣出生，名字是由經常造訪朝光家的伊波普猷所取，出生月份既是五月，因而取名為「めい子」（「めい」的發音與英文「May」相同）。

次年春季朝光回到東京，妻子則返回沖繩。朝光在東京也擔任沖繩人聯盟幹部，在聯盟中另行組織青年團體「沖繩青年同盟」。青年同盟從事的活動中，最值得一提的是請伊波普猷撰寫《沖繩歷史讀本》（後來以《沖繩歷史物語》為題刊行）。伊波以過去撰寫的歷史描述為基礎，加上近代以後與戰後沖繩的新發展重新編寫，書中流露著對沖繩的未來充滿隱憂。

昭和二十二年（一九四七），伊波普猷在借宿的比嘉春潮宅中腦溢血去世。四個月後，沖繩青年同盟中央事務局刊行《沖繩歷史物語》，由朝光負責裝幀設計，封面是沖繩小花和葉片圖案。

沖繩人聯盟曾發行組織報《自由沖繩》，卻因部分幹部強占物資、爭權奪利，還是終告分裂。即使組織活動時間短暫，日後卻繼續發展為沖繩縣人會，甚至是鞏固「沖繩學」基礎的沖繩文化協會等組織，奠定了戰後振興沖繩運動的發展基礎。

這段時期朝光居無定所，每日仍照常在池袋現身。畢竟此地有許多畫家同好和同鄉知交，還有經常光顧的酒館。

朝光在戰後東京生活中，最重要是與沖繩詩人山之口貘[8]成為深交。山之口貘是那霸人，到東京歷經書店捆包工、暖爐店、針灸店等工作，輾轉於各行各業，卻是寫詩不輟。曾獲得作家佐藤春夫、詩人金子光晴[9]和草野心平[10]等人賞識，留下許多風格獨具的作品。山之口貘的詩風充滿律動感，輕快而幽默的筆觸下隱藏著辛辣諷刺，至今依然廣受讀者支持。

朝光與山之口貘同齡，在沖繩時期就透過詩人同好介紹結識。山之口貘於大正十二年（一九二三）前往東京，與朝光同樣就讀日本美術學校。

8 山之口貘（一九〇三—一九六三），詩人，擅長以個人境遇為題表現人生實貌，並有許多沖繩懷想的詩作，著作有《思辨之苑》、《山之口貘詩集》等。

9 金子光晴（一八九五—一九七五），詩人，長年自我放逐於歐亞各地之旅，以象徵方式批判日本社會權力結構為其特色之一，著有詩集《赤土之家》、《金龜蟲》、《鮫》等。

10 草野心平（一九〇三—一九八八），詩人，以獨特的幽默和感性呈現特異的世界觀，詩風平易近人，代表詩集有《蛙之歌》、《第百階級》、《絕景》等。

入學典禮時，有人從背後拍拍我肩膀，回頭一望，朝光正對我露出笑容。此後我不滿一個月即退學，在學校不曾遇過他。我在東京向來過著輾轉遷居的生活，無論到任何地方，總是常與朝光不期而遇。……戰爭期間彼此不曾來往，戰後卻幾乎日日見面。我的詩作〈沖繩啊何去何從〉刊載於《婦人俱樂部》雜誌的「講和條約特刊」中，扉頁插畫的琉球絣紋圖案正是出於朝光之手。（收於《南風原朝光遺作畫集》）

山之口貘的詩作〈沖繩啊何去何從〉發表於昭和二十六年（一九五一），反映出沖繩戰役的悲劇與美軍統治的真相。可說是他對沖繩歷史在中國、日本、美國之間不斷擺盪的歷史發出悲痛呼號。這首詩如此結尾：

即使如此
蛇皮線之島
泡盛之島
沖繩啊

聽說創傷之深已入髓
還能抖擻精神的歸來
別忘了蛇皮線
別忘了泡盛
最終歸於日語的
祖國日本

這首詩在翌年編成沖繩舞踊，在NHK電視臺作實驗性播出，山之口貘的年譜中也記錄與朝光一同參與演出。我試著找尋這段影片，可惜未能尋獲。

戰爭結束後，山之口貘與朝光每晚必到池袋的泡盛店表演琉球舞踊，是「島古謠」、「珊瑚」、「湖亭」等店的常客。

與朝光、山之口貘同樣在池袋地區生活的夥伴，還有沖繩詩人伊波南哲（一九〇二—一九七六）。南哲在《南風原朝光遺作畫集》中，有一段相關的記述：

聽我解說之後，南風原朝光和山之口貘在琉球料理店內，流暢表演起琉球舞踊。貘擅長表演〈加那喲歌謠〉，朝光則擅於〈伊計離歌謠〉。朝光一襲芭蕉布衫，綁著前結頭巾，肩頭扛一枝楷竿，微傾著頭步入舞臺。那輪廓深邃的細秀面孔、俊挺的鼻樑，令人聯想到希臘雕像，他表現的律動感和流麗舞姿，再無人能及。

從未正式學習琉球舞踊的朝光，是自幼觀摩舞蹈家叔父汲取王國時期的舞式流脈，耳濡目染之下自然習成。戰後的黑市池袋，朝光與山之口貘展現了優雅舞姿。他們懷著熱忱，不僅想傳遞琉球舞踊之美，更想為美軍統治下的故鄉，將沖繩藝能之美傳遞給東京民眾。兩人起舞時，對遙鄉又有何心念呢？

兩人在池袋生活愉快，朝光卻日益思念沖繩。描寫懷念昔時風景的散文〈望鄉〉，這是朝光以畫家獨特視角所描寫的作品。文章是從戰爭時期無法返鄉，就此度過八年歲月開始描述：

今昔依舊的海和天空，……少年時熟悉的海色浮現於眼前。珊瑚礁岸的彼方分別依著蔚藍、藍、靛藍的順序，延向遠方黑潮流經的水平線，片片斷斷流過青空的白雲，在美軍最初登陸的慶良間島上空，雲層時而深深凝住不動，被天空與汪洋包圍的沖繩島上，豔紅的梯梧花向青空傲然開綻，青籬和庭間叢生的扶桑花綻著鮮紅，黑蝶於花間穿梭，種種情景成為思憶之一。（收於《南風原朝光遺作畫集》，創作時間不詳）

昭和二十六年（一九五一），朝光終於返回故鄉，在萌現復興之兆的沖繩美術界擔任展覽會審查員，同時擔任每年舉行兩次的東京「國展」審查員，對於介紹沖繩工藝品也不遺餘力。朝光的次女逸子曾說道：

「父親說起幾位有意參加東京國展的人，像是住在沖繩北部喜如嘉，努力推動芭蕉布藝術薪傳的平良敏子[11]女士，以及陶藝家金城次郎[12]先生等人，他積極鼓勵他們去參展。金城先生製作陶器時，還未開窯看到成品出爐，家父就說乾脆連窯一起買

11 平良敏子（一九二一—），染織家，積極振興戰爭期間斷絕傳承的芭蕉布染織技法，獲得人間國寶之美譽。

12 金城次郎（一九一二—二〇〇四），陶藝家，琉球傳統陶器壺屋燒的傳承者，沖繩第一位人間國寶。

下。總而言之，他將傳承沖繩文化視為使命呢。」

朝光與東京的民藝協會成員也經常交流，與山之口貘去參加駒場民藝館的宴會，表演琉球舞踊給眾人欣賞。據說館長柳宗悅[13]還笑瞇瞇拍著兩人肩膀，表示十分歡喜。

柳宗悅自昭和十三年（一九三八）起的十五年內，與日本民藝協會同仁四度造訪沖繩。他在沖繩時接觸島民的生活形態和工藝，為此深受感動，可說是「發現」了「近代日本」所失去的固有文化和質樸。為了讓民眾理解沖繩藝術，朝光是以沖繩人身分發起這項活動，其背景卻是受到柳宗悅等人在東京推動民藝運動所影響。這段時期的活動包括了積極企畫琉球舞踊公演，或發起振興「紅型藝術」（沖繩傳統紡織）的研究會。

重新開始吧

至於回到沖繩的朝保，生活狀況又是如何？他與在臺灣育有兩子的第二任妻子光惠早已形同陌路，光惠在沒有離婚之下獨自返日。

朝保返鄉不久後，自昭和二十二年（一九四七）起，五年之間又陸續新添三名子女

（二男一女），皆列入戶籍中。這些孩子的母親當然不是光惠，亦非在臺灣與朝保育有一子的山口縣出身女記者。

三名子女的母親，是曾在臺灣南風原醫院工作的沖繩籍護士。此時朝保雖然已經與光惠正式離婚，卻沒有娶這名護士。

令人驚訝的是，年逾五十的朝保依舊戀史不斷，此時他已經與在臺灣就熟識的古波藏登美女士（保好之妹）開始同居生活。根據朝保的侄兒朝雄描述：

「我不記得朝保何時與登美女士在一起。不過那位護士懷有身孕時，朝保就跟登美女士同居了。護士生產後，登美女士還帶禮品去探望。哎，這是常理無法想像的事，伯父就是那種人，登美女士的確很有度量。」

朝保對女性要求嚴格，戀愛對象皆容貌美好且擁有職業，對她們的一舉一動頗為挑

13 柳宗悅（一八八九—一九六一），思想家、美學家，積極推動民藝運動，對沖繩文化介紹及調查不遺餘力，沖繩相關著作有《琉球陶器》、《沖繩與柳宗悅》等。

再婚的朝保與登美女士。昭和二十八年。

剔。比方說，當女子端出有蓋茶碗時，碗蓋若與茶碗圖案沒有完全契合，朝保光就會因此表露輕蔑之意。據說登美女士也順從他的挑剔嗜好，總是穿著體面洋裝，無論朝保再怎樣晚歸，都穿戴整齊等候丈夫歸來。

朝保每天早晨的例行活動，就是穿一襲白西裝，持著手杖與登美女士相挽著出門散步。在戰後依舊滿目瘡痍的那霸街上，據說兩人舉止引來眾人側目。

南風原醫院重新在那霸市開業，地點選在港口附近的高臺地安里，可不時遙瞰船舶歸航，入夜則盡覽那霸夜景。醫院占地廣達五百坪，不過是租來的。醫院由朝保設計監造，前方還設有迴轉車道，但是在建材匱乏的年代中顯得格外簡陋，無法與臺北南風原醫院相提並論。安里是朝保和朝光度過貧困少年時代的村落，朝保感念母親一手撫育兩兄弟，因此選擇故地建造醫院，想必心裡十分歡喜。只是問題在於醫院地點過高，當時沖繩尚無汽車，病患不肯徒步登上高臺地，醫院乏人問津以致落人笑柄。朝保在同樣地點又費心打造一棟新宅邸。

人們將這棟新宅稱為「荷蘭邸」，是源自於明治末期至大正時期，美籍循道宗傳教士史瓦茲（Henry B. Schwartz）在此居住而得名。在沖繩這裡，無論是美國人或德國人，凡是歐美人士皆統稱「荷蘭人」，史瓦茲的住宅則稱為「荷蘭屋」。南風原醫院位於荷蘭屋

昭和二十二年新建於荷蘭邸用地的醫院。

附近，因此稱為「荷蘭邸」。

朝保後來在那霸的主要幹道國際通附近的牧志另建一間醫院，並擔任首屆沖繩醫學會會長，昭和三十年（一九五五）發表論文〈以人尿排出鱗翅類幼蟲之罕見病症為例〉，積極投入醫業。

朝保無法將在臺積蓄的財富帶回沖繩，國民黨政府規定撤離時可帶走的金額極為有限，據說朝保是向熟人借款支付醫院的興建費用。在臺結識的朋友們，戰後返回沖繩成為實業家或政治家，對朝保不惜提供資助。

朝保也參與了沖繩的政治運動相關組織，昭和二十二年（一九四七）的「沖繩建設懇談會」發起人名單中，可見朝保之名。懇談會隨即發展為戰後沖繩的第一個政黨「沖繩民主同盟」，值得注目的是，這個組織曾認真討論「沖繩獨立」的課題。

朝保雖是發起人之一，涉入至何種程度則不得而知。朝保絲毫沒有成為政治家的企圖，與其說追求政治權力，毋寧說是享受藝術嗜好更符合他的個性。更何況向來以性格衝動聞名的朝保，根本不適合玩弄手段的複雜政治圈。

朝保曾發表論文提倡「日琉同祖論」，戰爭剛結束時在臺灣支持「琉球歸屬中國論」，返回沖繩後卻成為支持「琉球獨立論」的成員之一，看起來從未堅持任何立場。史

那霸市牧志的南風原醫院。昭和二十七年。

學家高良倉吉對此有另一番見解：

「有人以為南風原朝保的主張是隨時代而見風轉舵，我卻認為不然。正因為他時常思考沖繩的意識形態，才會有此動搖之舉。身為沖繩人而經常質疑沖繩人的定義，以致立場產生動搖，我認為這種態度十分健全。沖繩人身處於複雜的歷史情節中，想要擁有一貫不變的意識形態，反而顯得更不尋常。我相信南風原朝保也是為此苦惱的沖繩人啊。」

戰後及時承擔沖繩政治運動的推動者，多數是從海外撤離或從日本本土返鄉的人士。沖繩在戰爭下造成慘重犧牲，唯有不曾體驗過那場淒慘至極的沖繩戰役者，才有餘力去從事政治運動。一場慘絕人寰的戰役，造成沖繩島景驟然鉅變。歷盡艱苦的歸鄉人很自然地會懷著殷切的願心，想為新沖繩開創一片天地。

第六章

荷蘭邸的賓客們

那霸的荷蘭邸某室。右起為朝保、火野葦平、朝保之妻登美。昭和二十九年。

夾縫裡的秋月茶室

戰後的沖繩可說是終日處於混亂狀態。沖繩戰役導致約十三萬人死亡，相當於全島四分之一人口。全島在砲彈和激戰攻擊下化為焦土，甚至連可悼念犧牲者的懷舊景致也消失殆盡。

翌年一月，GHQ（盟軍最高司令官總司令部）宣布北緯三十度以南的西南各島脫離日本管轄，沖繩被追加認定為對日占領政策的實施目標，由美軍接管統治。

對沖繩民眾而言，美國的統治政策極為嚴苛。昭和二十年（一九四五），美軍登陸沖繩島後隨即將沖繩民眾集中於收容所，劃定基地範圍展開軍工建設。美軍在該年確保軍用地一百八十二平方公里，面積相當於沖繩島的百分之十四。軍用地集中於本島中部，農民幾乎喪失所有耕地和住宅用地。

盟軍總司令麥克阿瑟積極主張琉球群島應交由美國託管統治，昭和二十二年（一九四七）六月與美國記者團會見時如此表示：

「沖繩群島是我們的天然國境，我相信日本人不會反對美國接管沖繩。沖繩人並非日本人，更何況日本人已棄械投降。」

有關「沖繩人並非日本人」的發言，應是承襲自美軍在戰時動員歷史學者詳細調查沖繩後的結果。早在戰爭結束之前，《民事手冊》就已強調此項論點，這本手冊試圖宣傳美國在戰後即將統治沖繩。

麥克阿瑟主張琉球王國並不隸屬於日本而是獨立國家，並表示對沖繩民眾而言，日本在近代時期對沖繩採取歧視統治的態度。就某種意味來說，這種對沖繩的認知相當正確，但不可輕忘的是：如此說法並非基於沖繩的立場，而是美方為了確保沖繩作為軍事據點並予以合理化的論調。

美軍占領沖繩期間，公布規定禁止升日本國旗和齊唱國歌，違者將處以拘禁或罰金。日後的沖繩回歸運動中，以「日之丸」旗為象徵，就是源於此背景。

美國與日本的統治政策的相異點，在於美方無意「同化」沖繩人民。在臺灣或朝鮮所見的日本統治，是迫使當地人民成為「日本人」，美國推行沖繩政策之時卻避免重蹈覆轍。

小熊英二在著作《「日本人」の境界》中指出，美國政策是投注於高等教育培育沖繩菁英，如此可對美方提供協助，兼而獎勵「琉球文化」發展。

有一部反映美國統治沖繩心態的電影，時代略延後至昭和三十一年（一九五六）時上映，是由丹尼爾曼導演的《秋月茶室》（米高梅電影公司製作）。內容描述戰後立即進駐沖繩的占領軍與當地居民的互動，原作是擁有駐守沖繩經驗的少校維恩．史耐德（Vern Sneider，一九一六－一九八一）所寫的暢銷書。

這部電影是以戰爭剛結束的沖繩「土比其」（虛構地名）為舞臺，擔任心理小組的菲茲比上尉（葛倫．福特飾演），為了推行民主主義化育百姓和實施地方學制，與擔任口譯的沖繩青年沙奇尼一起去村落。飾演沖繩青年的演員就是馬龍．白蘭度，他身穿沖繩短衫，扮演講一口洋涇邦英語、外型純樸又玩世不恭的沙奇尼。在美麗的藝妓羅塔斯（京町子）與一群強健村民的積極慫恿下，上尉居然同意製造泡盛，把原本建校用的建材取來蓋「茶室」。茶室在美軍上司命令下暫時遭到拆除，美方卻認為劇中沖繩民眾的作為，正反映出不受上層體制壓迫的「民主主義範本」。

村民們接著迅速重建茶室，花好月圓之夜，大家跳起琉球舞踊，最後以表演沖繩民謠〈滿宿歌謠〉作為劇終。此片的製作目的，或許是想傳達占領政策若光憑紙上藍圖將難以推行，強調美軍與當地居民心靈交流之重要，可說是對充滿樂天想法的美式民主主義自讚自賞的作品。其他演員尚有清川虹子、根上淳，以及電影評論家淀川長治（一九〇九－一九九八）。

原著作者維恩・史耐德是以那霸的料亭「松乃下」為故事舞臺，這間料亭是駐琉美軍經常出入的場所。經營者上原榮子自四歲起就在花街「辻」成長，戰後與美國士兵結婚，她的人生亦是戰後沖繩軼事之一。

《秋月茶室》最初改編為百老匯舞臺劇，在巴黎和倫敦佳評如潮，也曾在東京歌舞伎座演出，沖繩本地則是在美軍基地裡的嘉手納拉克蘭劇場演出。後來美國與沖繩以親善名義，企畫由兩地演員在那霸公演，沖繩民眾卻認為劇中對沖繩的闡述觀點過於屈辱，以致公演終止。

電影《秋月茶室》融入美式幽默和東洋風俗，加上呈現民主主義的啟蒙課題，在海外深受歡迎。美國記者崔西・杜比（Tracy Dolby）表示對這部電影留下深刻印象，認為「可讓美日雙方國民建立最優良的友誼關係」。不過以沖繩人的立場來看，這部電影對沖繩歷史或風俗、文化方面顯然有嚴重誤解。

南風原朝光與這部電影其實也有關聯。

當時朝光的生活正忙於往返東京和沖繩兩地。在製作電影《秋月茶室》時，需要沖繩人提供習俗或舞蹈、服裝方面的建議，因此四處尋找相關人才。據說沖繩實業家比嘉良篤因受美國電影公司之託，出面邀請朝光擔任指導。

這部電影是在奈良搭布景拍攝，朝光由妻子敏子伴隨前往當地，主要擔任服裝顧問。他特地從沖繩攜來琉球舞踊的紅型裝束，以及村民穿的草鞋等用品。電影中出現許多琉球舞踊的鏡頭，其實這些優美舞姿是以驚人無比的神速完成編舞。對於努力振興琉球舞踊的朝光來說，實在是身心俱疲的工作。

朝光不惜違約，只待兩個月便離開奈良返回東京。比嘉良篤回憶當時情景，據說朝光是「（在簽約拍攝現場）作息遭到嚴格控制，甚至感到有性命之憂，倉倉皇皇逃回東京」。《秋月茶室》不能算是一部對沖繩有深入了解的電影，卻可感受到內容中對「日本」與「琉球」的複雜歷史背景採取保留態度。日本自近代統治沖繩後，要求沖繩人與日本人同化，相對而言，美國作風迥異，沖繩居民應能察覺兩者差異，同時也必然會對「日本」產生複雜心境。如此出於直覺的感受，至今依然存於沖繩。

一九四五年八月戰爭結束，美軍隨即聚集沖繩各收容所的意見領袖，成立美軍政府諮詢機構和沖繩諮詢會。諮詢會在翌年改組為沖繩民政府，任務是將美軍發布的命令傳遞給民眾。

沖繩居民要求自治的聲浪愈益高漲時，首先組成的政黨是昭和二十二年（一九四七）

六月的「沖繩民主同盟」，繼而組織「沖繩人民黨」，以沖繩自主性為強烈訴求。沖繩人民無法享有批判美國軍政的自由，各政黨盡遭彈壓，沖繩人處於在日美之間複雜擺盪的立場。

在此背景下，不妨先來觀察沖繩的特殊經濟狀況，就是出現有人「趁亂」之際，在沖繩和臺灣大肆發展「走私貿易」的情形。

最後的無國界時代

美軍登陸沖繩時全面禁止當地金錢交易，沖繩「通貨」完全消失於市面。戰後翌年居民陸續從收容所返回居住地，許多民眾卻發現廣大土地成為美軍基地，無法再回到戰前生活的故地。大量農民失去農地只能替美軍工作，透過物資配給換取民生用品，靠著無償配給過著三餐不濟的生活。昭和二十一年（一九四六）三月，通貨經濟復甦，卻與正常經濟狀況差距顯著。

美軍指定了四種法定貨幣，亦即稱為「B圓」的軍票與新日圓紙鈔，以及貼有證紙證明可使用的舊日圓紙鈔和舊日圓硬幣。在新日圓紙鈔不足的情況下，其實主要是使用B

圓。經過幾波通貨交換後，沖繩通貨經濟改為統一使用B圓，軍票在這樣的異常情形下持續流通十年。

貨幣開始流通後，薪資制度重新實施，但沖繩經濟依舊陷在混亂之中。原因是薪資以配給物資的公定價格為制定基準，公定價格本體與現實交易價格卻差距極其懸殊。例如白米實質交易價格高達公定價格的三十倍，食鹽是十倍，魚類則是九倍。替美軍工作的勞工，每月薪資僅能購買一盒十包裝的香菸。

在極度通貨膨脹的趨勢之下，黑市必然出現而且是半公開的。黑市的主要交易品項是沖繩居民從美軍基地竊取的物資，這些贓物食品、衣服和其他生活物資皆流入黑市，成為沖繩人民生活的主要支柱。

從美軍基地竊取物資的行為，沖繩人稱之為「取得戰利品」——使用「戰利品」這個用辭，可以讓沖繩人絲毫不覺得有何可恥之處。

> 對於被逼至妻離子散、近三個月瀕臨生死關頭的極限狀態下（是指沖繩戰役）的民眾而言，這種行為即使是以洩憤也不足以形容之。人們稱此行動為「衝鋒陷陣」，悄悄潛入美軍物資儲藏區，就此取得「戰利品」。（石原昌家《大密貿易の時代》）

一九四〇年代末期至五〇年代初期，沖繩的「戰利品」成為大宗走私商品四處流通。這段時期正是跨海「國際黑市」活躍的年代，其發展背景與受到美軍統治的沖繩，以及中國、臺灣之間的社會情勢有深切關聯。

與那國島原本就盛行走私貿易，沖繩島的美軍物資與臺灣運送來的食品等物，皆以此地作為中繼站再配送到其他地區。與那國島和臺灣之間僅距一百公里，才有可能進行交易。正如前文所述的，大批與那國婦女曾在臺灣從事女傭工作，以及戰後隨即浮上檯面的臺灣歸屬論等，在在顯示兩地史緣關係極為密切。

追溯歷史後可發現，即使在日本鎖國時期，沖繩也能以東亞作為貿易活動範圍，自行謀求生存之道。一旦明白昔日沖繩人痛快展開貿易的血脈此時再度蠢蠢欲動，那麼對沖繩人何以至今依舊對戰後走私貿易津津樂道，就絲毫不足以為奇了。

「走私貿易時期的與那國島就像是不夜城，中心地區充斥著酒館劇場，男子們喧然騷嚷不斷。鋼桶在海邊一字排開，扛著貨物的男丁來來往往。港內停泊十幾艘帆船，港口熱鬧紛紛，到了摩肩接踵的地步。我還記得有位不知來自何處的牧師，在港口擺張小桌賣起聖經。在孩童眼中這就是超現實世界吧。」

與那國町史編纂委員米城惠先生如此描述道。米城先生在與那國島目睹走私貿易的情景，並將「走私貿易時期」設定為從昭和二十年（一九四五）六月的沖繩戰役開始發展，直至昭和二十七年（一九五二）成立琉球政府為止。

走私貿易最盛行期應是昭和二十三至二十六年。沖繩戰役結束後，與那國漁民隨即前往臺灣重新發展漁業。對與那國漁民而言，理當比照戰前日治時期，在臺灣拍賣市集巧妙賣出魚貨，漁民生活絲毫不受臺琉國際情勢所影響。然而與戰前不同的是，與那國漁民在協助日琉民眾搭船偷渡離開臺灣這檔子事情上，發揮了極大作用。

與那國漁民用拍賣漁獲所得在臺灣購買沖繩缺乏的生活物資返鄉，這只是極其自然的「採買」而已。正如前述般，沖繩既受美軍統治，貨幣無法依照需求正常流通，導致原本的日常行為衍生為「走私貿易」的開端。

琉臺之間走私貿易規模逐漸擴大，與那國島聚集的船隻有來自沖繩各島和日本本土，甚至遠自於香港和澳門，形成一方國際市場。

為了求取物資，與那國島大量湧入沖繩和臺灣、日本本土的走私貿易商，造成當地差額利潤漸減。島上塞滿掮客和海邊運貨工，以及依賴這些人營生的飲食業者，甚至出現租屋提供者。目前與那國島有一千八百名人口，但在走私貿易全盛時期據說實際人口高達今日的七、八倍之多。

有關與那國人對走私貿易時期的證言，在此略微介紹：

全盛時期的久部良港，每日有六十至八十艘船進出港口，稱為傳馬船的運貨小船則在港灣整齊排列二、三十艘，甚至組成合夥公司。碼頭工或扛貨叫賣人每日能賺兩、三千日圓的工資。當時的新聘教師的每月薪資是四百日圓，有些人寧可辭去教職到碼頭當扛運工。（與那國町老人俱樂部《創立二十五週年紀念誌》）

「當地有個說法，就是養豬不如養掮客好賺，租屋業頓時增加不少。大約有四百名臺灣人在此出入活動哪！」

與那國人稱走私貿易時期為「景氣時代」，表示無限懷念。島上物資既充盈，據傳與那國的雞連掉落路旁的米都懶得啄食。米城惠先生還表示：

「走私貿易時期不僅是商業繁榮、景氣大好而已，我認為還包括慘痛的戰時經驗、昔日價值觀和體制徹底瓦解之後的自暴自棄、沖繩人的虛無主義等，都是構成走私貿易的背景因素。那就是在國際情勢夾縫中生存的泡沫時代啊。」

從臺灣輸往與那國島的物品，例如米、砂糖、酒、米粉、水果等食品，以及香菸或化妝品、布料等，皆是沖繩極為匱乏的商品。曾從事走私貿易的大浦太郎在著作《密貿易島》中回憶這段過往，根據此書記載，與那國島的走私者為求採購，刻意製造渡臺用的船隻，又因基隆港取締嚴格，這些船選擇前往臺北附近的淡水港。船員主要是與那國漁民，進入港口後使用信鴿作為聯繫，這些船員皆有從軍經驗可派上用場。

臺灣方面需求的物品也在與那國島進行交易，不僅是沖繩島和各離島，尚有同樣為缺乏物資所苦的日本本土諸如神戶等地，走私船滿載著民需品出航。從沖繩運到臺灣的物資就是來自美軍基地的「戰利品」，例如彈匣等非鐵金屬製品或卡其褲、毛毯、美製洋菸、藥品類等。

對於與那國島盛行的走私貿易，政府機關與警方私底下形成共識，充分了解這是為了彌補沖繩住民食糧匱乏的民生問題，於是默許這些行為數年之久。當時與那國的鄉鎮財政，甚至必須依靠走私貿易的手續費來支持財源收入。

沖繩美軍設施外流的彈匣和石油、輪胎等物資，後來引發了問題，實際上這些東西經由臺灣流入中共軍隊手中。

臺灣海峽成為東西兩大聯盟的分界線之一，美軍原本放任走私貿易橫行，等到中國大陸局勢變化後，便一律採行取締政策。美軍統治的沖繩地區在緊張的國際情勢下，居然讓非鐵金屬以非法管道流入共產國家，這對美軍而言是不可忍受之事。位於東京的盟軍最高司令官總司令本部，也對西南各島的走私貿易基地直接展開調查。

在美軍強化取締之下，自昭和二十五年（一九五〇）起，走私貿易漸趨收斂。昭和二十七年（一九五二）成立「琉球政府」，這段象徵戰後沖繩亂象的泡沫時期終於面臨終結的命運。

《沖繩時報》有如下一段記載：

> 與兩年前走私貿易全盛時期相較之下，如今的與那國島彷彿墮入沉眠之中。走私貿易船如今形影罕至，恢復昔日的平靜小島，以國際走私貿易重鎮而深受矚目的繁華島景，今已不復見。（一九五三年五月二十九日）

今日的與那國島寧謐滿盈，據說每年有幾回天朗之日，便可望見臺灣島影。如今已不再留下可供追憶走私貿易時期的景貌。縱然僅有一百公里之隔，從此不能划船出航來臺。

走私貿易時代，對於在近代中彼此建構密切關係的琉臺兩地而言，或許是最後一次不曾意識到「國境」的直接接觸。

再也無法相見

對里里來說沖繩已成為遙不可及的故鄉，身處戰後混亂中，她同樣過著艱苦生活。

里里在疏散地九州大分縣產下長男，大約於昭和二十三、四年返回東京。當時里里的肺結核已經發作，不斷反覆住院，在這個人人皆為貧困苟延殘喘的時代，貧病交迫更是雪上加霜。

里里後來又生下兩個孩子，住在椎名町養育四名子女，一家生計並不寬裕。里里此時無暇回憶在臺灣和沖繩的歡樂時光，只是日夜趕做家庭手工，跑當舖更成了家常便飯。珍愛的洋裝、和服逐漸離開身邊，唯一捨不得放手的，就只剩幾冊相簿而已。相簿中留下年輕美貌的里里倩影，唯有這些照片能支持她度過現實的貧困生活。

里里屢次向沖繩的父親伸手要錢，長久提供援助的朝保終於為女兒索取無度而勃然大怒，去函只寫一行字：

「別再　靠人施捨！」

別再予取予求！這封信仍保留至今，里里讀了這句話，內心情何以堪。

朝保與古波藏登美結婚一事，里里也得知消息。登美女士與兄長保好皆是南風原醫院的常客，里里從年輕時就仰慕這位大姊姊，兩人年紀僅相差六歲，里里為父親與合適對象再婚而感到欣慰。里里如從前一般，寄信給暱稱「登美將」的大姊姊，為婚事表達歡喜之意。豈料朝保回信斥責里里，內容是：「別再叫人家登美將，她已是妳的母親，不准隨便稱呼。登美是秀外慧中，照顧我十分盡心，……」

朝保的脾氣，就連女兒也非數落一番不可。

朝保之母阿都也同住在荷蘭邸生活，此時年近九旬的阿都也有相片留存，穿著戰前沖繩婦女的傳統絣紋和服，圓髻高結。拍攝內容是與朝保夫婦去掃墓，還有參與節慶活動等。登美的雙親也同住在這間館邸。

照片中還有朝保夫婦在荷蘭邸宴請賓客的留影。日後擔任早稻田大學校長的大濱信泉是石垣島出身，在暌違幾十年後返鄉時也曾是座上賓。在沖繩接待來自日本本土的文人雅士，是朝保在臺灣時就未曾改變的樂趣。

阿都八十七歲。掃墓日。

昭和三十年。來訪荷蘭邸的大濱信泉，日後擔任早稻田大學校長。

荷蘭邸的賓客中還有作家火野葦平[1]，他曾在改造社出版多部作品，因為比嘉春潮在此出版社任職，火野常聽他說起沖繩的消息。火野葦平於昭和十五年（一九四〇）初次造訪沖繩，在文章中表示「從此喜歡琉球」。據說他在戰爭期間參加英帕爾戰役[2]，死裡逃生之後，所搭乘的軍用機迫降在沖繩，穿著軍服在此度過一日。

昭和二十三年（一九四八），火野葦平與山之口貘結識，從此常現身於池袋沖繩料理店「島古謠」，與老主顧朝光亦成為熟識。相簿中保存著火野在池袋和新宿的琉球料理店，與朝光和山之口貘等人的愉快合影。火野葦平日後發表《赤道祭》、《碎裂之繩》等作品，皆是以沖繩為題材的作品。

火野葦平於昭和二十九年（一九五四）再訪沖繩，應是朝光託朝保代為接待。火野在散文中有所記述：

> 南風原朝光先生為了參加國畫會展，回到暌違已久的沖繩。其兄朝保先生是醫師，朝光先生目前借居其宅。我受邀至府上作客一夜，這座建於高臺地上，人稱荷蘭邸的閑靜邸宅，可遍覽那霸市全景，我在此受到精緻珍饈的款待。

筵席上佳餚盡現，有美味的芋餡炸餅、炒豬血雜燴、芋泥甜點，令人齒頰留香。南風原朝保先生解說著菜餚：「芋餡炸餅就像是使用土慈菇製成的炸餅，餡料是芋梗、芋頭、香菇、木耳、豌豆、kasutera（此非指日本本土的長崎蛋糕，而是雞蛋和魚漿製成的魚糕）、豬肉等攪拌成泥餡熬煮，這是又吉康和先生的遺孀所創造的菜譜。」

廚房由專人掌廚，菜餚有如作品，這位又吉康和先生就是昔日的沖繩市長。

俯瞰著那霸夜景，唯有電影院大寶館的紅色霓虹燈明暗閃爍，左側藍綠兩色的固定霓虹燈則是「寶百貨店」，右方有一座飾滿紅色霓虹燈的塔狀物，是今日的有田洋行馬戲團。俯望市容徹底改變的那霸市街，我為這些誠心料理的菜餚咋舌不已。這裡竟還保存古琉球的遺風啊，我心情為之一鬆，內心如此喃喃著。（《琉球舞姬》）

1 火野葦平（一九〇七—一九六〇），小說家，擅於刻劃戰場士兵體驗和人性百態，返國後以「軍旅作家」身分活躍於文壇，代表著作有《糞尿譚》、《麥與軍隊》、《花與龍》等。

2 日本陸軍於一九四四年三月至七月，自緬甸進攻印度英帕爾地區，欲阻斷援助中國的軍需補給，在與英印聯軍激戰後慘敗告終。

相片拍攝的正是火野葦平在南風原醫院某室用膳的情景，器皿是沖繩陶器，菜餚是琉球料理。登美女士的哥哥古波藏保好先生寫過不少有關沖繩料理的著作，這對兄妹自幼就熟悉許多家常菜，都呈現於荷蘭邸餐桌上。登美女士藉著邀宴，讓賓客們體驗沖繩的豐富文化。朝保與美軍基地的嚴重抗爭，和沖繩復歸運動並無瓜葛，卻渴盼著外界對沖繩有更深層的認識。朝保相信唯有妻子準備的豐盛佳餚，才能達成讓賓客了解沖繩文化之目的。對於這位廚藝精湛又具有鑑賞陶器眼光的妻子，朝保應該感到十分自豪吧。

第三次婚姻，朝保終於得到了寧靜生活。

然而朝保已來日無多，他正受到癌症病魔所襲。

昭和三十二年（一九五七）二月四日，阿都以九十一歲高齡逝去。朝保痛失至愛之母，是否能承受打擊？此時的朝保亦瀕臨死亡邊緣。

朝保自前一年開始專心接受癌症治療，但絲毫不見起色。當他得悉母親死訊之後，十七天後的二月二十一日也撒手人寰，得年六十三歲。

明治、大正、昭和，生於動盪時代的朝保，臨終時十分平靜。無論身處任何時代，他的自我意志不曾屈就過，性格衝動激躁，以致樹敵眾多，但畢竟還算是幸福一生吧。

朝保之母阿都據說是琉歌名人，曾有奉詠先祖的歌作：

御魂昇於天
骨魂歸於土

我盼望朝保之靈，有如這首琉歌般緩緩昇入天宵。

當里里得知祖母和父親相繼去世時，陷入了悲痛淵底。里里剛於一年前受洗為基督徒，倘若沒有宗教信仰，恐怕已然喪失生存意志。她開始前往椎名町附近的西落合教會。

里里獲悉父親死訊卻無法返鄉，原因是當時去沖繩必須持有護照，除了辦理手續煩瑣之外，其實她連旅費也無法籌措。

朝保去世翌年，排行老么的我來到世間。

許多人紛紛勸告里里，認為她不堪生育負荷，里里已四十歲之齡，又患有肺結核和心臟病，恐怕會難產喪命。

但里里並未改變決心。

為何會如此呢？當我詢問里里，她說道：「我年輕時在臺灣給人算過命喔。算命師說我將來會生五個孩子，我心想自己身體不好，怎麼可能呀。當我懷第五胎時，想起算命師的話，原來這早就是命中註定了。」

那位算命師究竟是何許人物？是在紅燭搖曳焰火，供奉長香的地方求神問卜嗎？這是臺灣神明預示我出生的一樁玄奇事件。

里里毅然決然生下我，或許是受到父親朝保逝去的影響。我相信她是想接受命運的安排吧。

三年後，畫家朝光也驟然而逝。

昭和三十六年（一九六一），朝光正為興建劇場興致高昂。原來朝光為沖繩戲劇新人演員真喜志康忠（一九二三―二〇一一）的演技深感著迷，據說每到東京就與好友古波藏保好聊起真喜志的表演。

據我觀察，戰後定居沖繩的南風原先生，一把年紀仍不肯放棄對新劇運動的執著，他偏好真喜志先生的演技，想必是有意藉這位演員完成自己對「沖繩戲劇」的未竟理想。南風原先生能慧眼識英雄，算是獲得一絲慰藉。（收於〈「うちなァ芝居」見物〉，真喜志康忠《沖繩芝居五十年》）

朝光突然興起想為真喜志建一座劇場的念頭，同年四月，就在其妻敏子的娘家用地上建蓋一座「Tomari劇場」。年輕時沉迷於築地小劇場的朝光，終於建造這座規模雖小，卻是沖繩最早設有背景布幕的劇場。此時沖繩再度掀起傳統戲劇的風潮，演出琉球王國時代題材，許多劇團應運而生，不少劇場競相上演傳統戲碼。朝光四處向人籌款，劇場落成後卻因地點偏遠，少有觀眾捧場，不到幾個月就結束經營。

同年九月，朝光並未因劇場經營失敗而頓挫銳志，隨即將戰前名伶齊聚一堂，企畫舉行一場「名人劇場特別公演」。就在洽談結束後的某個夜晚，朝光在家附近被突然倒車的貨車輾斃，得年五十七歲。他預定數日後將去東北展開寫生之旅，事先已規畫行程，據說畫具已先送至某位本土友人之處。

至友山之口貘對朝光之死如此表述：

當我得知南風原朝光過世時大為震驚，的確令人太遺憾了。當天我的住處塵灰漫揚，我以毛巾遮頭，單穿一件襯衫把家當用品搬東移西，一直忙至傍晚也整理不完，最後終於歇手任其凌亂散置，跑一趟池袋酒館「島古謠」。這次當然不是去暢飲，而是必須致電聯絡朝光的諸好友們告知死訊。我緊緊貼著電話，從記事本一直搜尋印象中的夥伴名字，不斷不斷撥轉盤號碼。一時之間居然聯絡高達三十人，還

是生平頭一遭經驗。（收於《南風原朝光遺作畫集》）

英年早逝的朝光能擁有如此至友，我認為他也是幸福之人。

朝光去世兩年後，山之口貘也離開人世。

都忘了吧

在我出生前後幾年間，里里痛失許多重要親人。此時的里里，人生也來日無多，剩下不滿十年光陰。

自我出生之後，里里住院的頻率愈來愈密集，病情稍微好轉時才返回椎名町家中，終日臥病於床。某個短暫時期，里里病情略見起色，便與良規返回睽違二十餘年的故鄉沖繩。

良規從醫師口中得知妻子來日無多，兩人於昭和四十三年（一九六八）春季前往那霸。

然而，沖繩如今的景象與里里印象中迥然不同。

「以前的風景幾乎全不見了，居然有這麼大的轉變。倒是沖繩人跟以前一樣。我到了當地，立刻就說沖繩話呢。」

里里最先去拜訪的人物，就是朝保的最後一任妻子登美女士。

登美女士了解朝保去世後留下一筆龐大債務，過去款待賓客的饗宴、蒐集古董的嗜好、建造奢華醫院，原來全靠舉債支付。朝保最後將南風原醫院出售，將號稱「沖繩收藏之最」的古董書畫全轉讓他人，留給登美女士的遺產幾乎所剩無幾。

朝保過世那一年，登美女士放棄南風原姓氏，恢復舊姓古波藏，在那霸久茂地某個角落經營一間稱為「美榮」的琉球料理店，兄長保好對這位唯一的妹妹不惜慷慨解囊。「美榮」在一位京都女陶藝家的協助下，將原本是沖繩傳統古宅的店面重新設計為現代風格，這位陶藝家原本也是朝光所屬的藝術家團體成員，料理店內處處可見登美女士淋漓發揮的美感。

美軍統治時期，鮮少有店家能提供道地的琉球料理，唯有如登美女士般，曾在廚藝精湛的母親細心製作菜餚的家庭中成長，才有本事經營這間風格獨具的料亭。她與朝保在婚姻生活中宴請賓客的經驗，多少也有助益。

日後我遇見登美女士，問起她與里里相見的情景。登美女士說道：「里里將一見到我，就呼喚著登美將，緊緊抱住我哭起來。我們泣不成聲，一時說不出話來。雖然書信往來已久，但我們幾十年未見面，彼此有好多心裡話，卻是千頭萬緒無從說起啊。」

登美女士送給里里一件琉球絣紋的和服作為禮物，那件衣服里里穿來漂亮合身，她卻再也沒機會穿過。

暌違許久的返鄉之旅，不到兩年後，里里在醫院撒手人寰。

里里死前不久，我們家正準備建新宅。良規自都廳退休後領有一筆退休俸，我們期盼盡量在椎名町找建地，卻無法如願。新居在東京郊外的雲雀之丘，是里里請託教會的熟識代為尋找。地點距車站很遠，交通不方便，但此處畢竟是里里最後尋找的地點，良規還是尊重她的意見。新居小庭院裡撒著從沖繩攜回的種籽，綻放著黃花，傍晚時分，良規時常佇立於花前。

良規在新居僅住了五年，同樣猝然而逝。良規在去世前幾個月漸感不適，他原本就討厭就醫，屢次勸告皆不肯聽從，好不容意決心去就診，還說若要診察，不妨在熟識的椎名町醫院即可。一月的某天上午，他表示要去醫院，就出門了，從此與家人天人永隔。

良規在醫院檢查完畢正打算返家，突然表示身體略有不適想稍事休息。醫師便為他打針，良規的心臟功能遠比想像更為脆弱，注射後反而造成負荷，此時身體驟然出現異狀。

當我接到通知趕往椎名町時，院方表示良規已回天乏術。一場突如其來的猝逝。那時大姐和二姐已出嫁，平時只有我和良規在家生活。良規常講述古老的沖繩歷史、我們家族的故事或琉歌等，我覺得與他閒談這些話題十分愉快。

良規在猝逝前一年已陷入精神憂鬱狀態，有時喃喃自語著人生無望。當時我年僅十七歲，無法理解父親的精神狀況，如今想來，良規遭受喪妻之痛的打擊，其實遠超乎周圍所想像。我不禁認為他在醫院猝逝是一種慢性自殺的結果。

與里里擁有深切回憶的椎名町，或許那裡才是良規盼望的人生歸處。

清秋時節，我造訪久違的椎名町。來到此地會讓我想起良規猝逝的情景，令人十分痛苦，然而內心仍想瞧瞧舊家變成什麼模樣。在我心中同樣經歷時光流逝，已到了想念故居的時候。

多麼不可思議的光景啊，椎名町居然近乎維持原貌。除了車站前新開幾家店之外，沿路景色、商店街皆與昔日無異。幼時見過的店依然留存，車站前的長崎神社鋪滿著金黃銀杏葉，每十日舉行一次廟會，我以前最愛去廟會湊熱鬧。

從椎名町車站到我家，徒步不到十分鐘，行經的街道、就讀的小學，還是原來模樣。我忽然發現椎名町是寧靜社區，車流稀少，行人也稀疏。唯有我們舊家附近的景觀是徹底改變了。昔日的雙併連棟長屋無影無蹤，改成一間印刷廠，隔壁小巷倒是同樣景色。

彷彿只有我們家忽然消失。

我真的在此住過？似乎連居住的記憶也模糊了。正因為街坊景觀維持不變，才產生奇妙之感。彷彿從死後世界眺望似的，長屋的木窗框、玄關拉門、板牆，全清晰印於腦海。夏日裡鄰居大嬸聚在長屋中庭閒談的情景依舊鮮明。大家究竟到哪裡去了？難道沒有人記得我們這一家嗎？

望著鄰居的門牌，赫然發現懷念的姓名依然存在。緊臨我家的這棟和洋混合式的文化住宅已顯得古舊，依舊矗立於此。原本鄰近一帶是屬於豪華住宅，如今失去昔日風采，僅剩玄關鑲嵌的精緻玻璃可追憶風華。常去造訪里里的川本先生的家已改建為新公寓。川本老伯在里里死後不久也離開人世，僅有一點五坪大的單人房裡，唯有小桌上供奉一炷香的簡單喪禮。聽說他無親無故，我卻想起當時香炷旁坐著一位垂首悼念的老者。川本先生又埋骨於何處？

令人意外的是，原來我家就緊臨著西武池袋線，幼時分明不曾留意平交道的聲響、電車奔馳的噪音。對於幼時住在電車軌道旁的經驗，讓我產生一種奇妙情緒。我對鐵軌噪音毫無印象，難道是由於家中成員眾多，總是熱鬧紛嚷所致？

我想起幼時常去玩耍的一戶人家，試著去拜訪。在庭院前我見到懷念的面容，眼前的婦人就是常跟我一起遊戲的阿耶之母。我擔心過於貿然，首先自我介紹，表示搬家遷離已久，因懷念故地而來訪。阿耶的母親記得我們的姓氏，卻徹底忘記我的事情。

「是的，這裡確實有一戶姓與那原呢。很久以前就搬走了。對了，真的有這戶人家喔。」

對我而言，椎名町是難忘故居，這個地方卻遺忘了我們。

川本先生的租屋地點已改建為公寓，一名阿拉伯裔男子站在二樓陽臺上仰望天空。我內心湧起一股衝動，好想對他說，這裡曾住著一位來自朝鮮半島的老伯喔。

夕暮來臨，颳起了秋風。

卡啦卡啦

里里和良規去世多年後，我與雙親的舊識們見面並請教往事，他們從雙親年輕時就已相識。這不僅因為後悔著昔日未能向雙親問詢，最重要的還是對那古早年代深感著迷，才想與父母的舊識們相見。尤其能與了解昔日沖繩的人士見面，真是一件歡喜之事。

我常詢問的對象，就是在新宿經營沖繩料理店「壺屋」的大嶺良子女士。她是畫家大嶺政寬之妹，對女學生時期的里里十分熟悉，還聽她說起朝光的事情。良子女士於二〇〇〇年七月過世，臨終前對我留下遺言，希望能將骨灰撒於沖繩海中。畢竟她也像其他沖繩人一般，從戰前就獨自前往東京，無時無刻不惦記著故鄉。

良子女士盼將遺骨拋撒海中的遺願，因有遺族顧慮未能如願，我卻一直希望能履行諾言。

良子女士去世後，我獲得一份遺物，就是曾在「壺屋」使用的沖繩特產酒器「卡啦卡啦」。我想將這只酒器拋入沖繩海中，期盼如此就能履行與她的承諾。

良子女士去世滿一年後的夏天，我展開臺灣與沖繩之旅，搭船從石垣島至波照間島，開始追尋朝保和里里的足跡。相傳波照間島是沖繩的極樂淨土、冥界傳說之島，我認為這片海域是與良子女士道別的最佳地點。

我從碧海揚波的船上，拋下卡啦卡啦任其漂流，這是我與良子女士最後的道別。此時此刻，我真切感受到認識少女里里的人都已不在世間了。與良子女士維繫的古早記憶，已沉入碧海深處。

古波藏保好先生於二〇〇一年夏末逝去。據說他是在「美榮」的一個房間裡，於眾親屬陪伴下辭世。一直盡心照顧他至臨終的媳婦德子女士，將古波藏先生去世兩個月前所說的話告訴我：「公公提過一幅畫，他說若能得到那幅畫，就算散盡家財也是值得。他不知提起多少遍了，就是藤田嗣治的〈那霸之女〉。」

這幅畫正是昭和十三年（一九三八）藤田嗣治遊訪沖繩時，在「辻」遊廓描繪煙花女的作品。對於好友朝光也參與這趟沖繩之旅，古波藏先生並不知情。

古波藏先生對藤田嗣治的〈那霸之女〉留下鮮明印象，據說反覆提起這幅畫中凝聚了「昔日沖繩的一切」。昔日沖繩究竟是何種風貌，如今也無人可詢。

古波藏先生的訃文廣告刊登於沖繩當地報紙：

「古波藏保好已赴雙親等候的黃泉之國。」

遺族們為古波藏先生撰文悼別，其妹登美女士則在距今二十年前離世。相信這對感情融洽的兄妹，應會在彼岸愉快歡談。

我依照里里所說的話，走過春季臺灣、夏日沖繩，最後返回椎名町，此時已經入秋，我的旅程也接近尾聲。

從追尋年輕祖父和母親的背影而展開的旅程，歷經各種時光，歷史交錯。人生可說是由奇妙的偶然重疊而成，我相信有緣人終會相逢。

沖繩與臺灣，這兩個在近代中相遇相繫的島嶼。結束旅行之際，我感到臺灣是如此親近，又如此遙遠。今後這兩座島又會寫下什麼樣的歷史？

我彷彿聽見了里里的聲音——我說的一切都是真的，對不對？

位於那霸市識名靈園的南風原家之墓。

後記

一趟歷經春、夏、秋季的旅行。

東京、沖繩島、石垣島、與那國島，最後是臺灣。其實路途並不遙遠，卻有從遠方歸來的充實感。這或許是與旅途中體驗到的百年歲月感覺重疊所致。我信步走著，時而佇足，驀然想起該去的地方，如此反覆不已。與許多人相遇，聆聽他們訴說。在這段過程中，有時待在圖書館翻閱舊報紙和雜誌，凝神傾聽字裡行間傳來的各種「聲音」，這些聲音令我愕然，湧出更多想追尋的課題。

儘管只能憑著母親的記憶與古老相簿作為線索，我卻沒有料到這趟旅程，會對這些土地和歷史有更深入認識。

我與母親緣分短淺，母親長年住院，在我十二歲時離世，真正相處時間不滿六年。然而這段期間十分充實，我最喜歡在母親編織蕾絲時，聽她訴說臺灣和沖繩的故事。

那柔婉的語氣，將劇情講述得靈活生動，讓我深深著迷。同樣的故事反覆說上好幾遍，我仍聽得津津有味。她說故事的技巧高明，總是充滿樂趣，沖繩的風景、臺灣的市街，在我心中逐漸描繪成形。

母親身體好轉時，會去觀賞在東京演出的琉球舞踊公演。幼時的我對那優美的音色感到頗為無趣，倒是覺得母親癡癡望著舞臺的面容極美。母親有時彈鋼琴，會彈奏公演時聽到的樂曲，雙親教我許多沖繩民謠，我不懂其意仍跟著哼哼唱唱。沖繩給我美麗而明快的感覺。

然而，在美軍統治下的沖繩，透過新聞畫面傳遞來的景象卻截然不同。當時正值沖繩歸還運動、基地抗爭正熾的時期，雙親每次目睹這些報導，都深深歎息。現實的沖繩與雙親描述的故鄉已是天壤之別，雙親內心的困惑應該遠超乎於我的感受。

今日或許難以想像，其實我因是「沖繩人」身分，曾在學校遭受欺負。但我絕不會告知父母，不忍見他們流露悲傷的神情。我最盼望看到的卻是，每當問起沖繩方言或昔日情景時，雙親顯露的愉快表情。我總是想出各種點子問東問西，我心裡有預感，知道與母親相處的時光將稍縱即逝。

我對沖繩逐漸感到興趣。我的姓氏用漢字寫作「與那原」，凡是升上一學年，老師必會問道：「這個姓氏該怎麼讀？」每當我回答：「這是沖繩姓氏！」身為沖繩人的自我意識也逐漸加深。

我初次前往沖繩是在母親去世那年的夏季，翌年沖繩回歸日本，仍舊使用美金。那霸機場規模尚小，我走下飛機的剎那間，立刻感受到豔陽照耀，被一股難以形容的甘芳溼潤氣息所包融。我住在祖父良知的老家，隨處去遊逛，印象最鮮明的就是市場。當時沖繩沒有本土進口的鮮蔬，唯有綠苦瓜、冬瓜之類，或是完全陌生的蔬菜羅列成排，還有鮮豔的美國罐頭和點心等食品。

從那霸驅車片刻，便可望見占地廣大的基地和闊步而行的美國士兵，美軍飛機尖銳劃破鼓膜似的掠過天空。即使已從電視新聞得知基地的事情，但體認到這就是現實沖繩之際，我心中仍湧起難以言喻的不安。難道雙親描述的沖繩就此在世間消失？

我完全聽不懂當地人交談的話語，與自己相貌神似的人卻隨處可見，微感不可思議。彷彿就像與自己迎面相遇的感覺，是在東京未曾有過的經驗。啊——我畢竟是沖繩之子，感到十分安心。感覺上這座島嶼與我有著牽絆。

我在琉球料理店「美榮」與外祖父的遺孀登美女士見面，聽她訴說家母和外祖父的事情，得知母親在臺灣的情形，逐漸真切感受到母親確實曾在臺灣生活。

母親離世五年後，父親跟著去世。父親去世不久前取出關於沖繩的書籍，告訴我許多沖繩歷史和與那原家的過往，皆是琉球王國時期的軼事，充滿戲劇性。他解說先祖吟詠的琉歌，說明謁見中國天子的史話，當時我缺乏沖繩史知識，不能與他談得更投機。父親保存許多沖繩相關著作，如今才了解他熱中於蒐集閱讀此類書籍，主要收藏皆是回歸本土之前刊行的舊本。父親去世後，這些書由我保管，一點一滴接觸，彷彿有一種與亡父對談之感。

母親過世後，父親逐漸陷入憂鬱狀態，我認為最重要的原因是他失去能以沖繩話交談的伴侶。我後來得知他們的婚姻與赴東京發展的過程，沒有獲得故鄉親人的贊同，但在東京一隅失去唯一能與沖繩相繫的伴侶，才是最沉重的打擊。我在多年之後，方能了解父親的孤寂。

就此歷經一段歲月後，我屢次前往沖繩旅行，不知何故就是深受吸引，光是走在沖繩這片土地上就感到無比歡欣，心情獲得沉澱。最初是以沖繩島為中心，不久延伸至其他離島，在渡輪甲板上眺望碧海，腦海中浮現雙親的面容。

這個地方雖然已經跟雙親生活時的風景截然不同，卻處處可感受到他們描述的昔日沖繩。三弦琴的樂韻、首里森林、盂蘭盆節光景，拂上面頰的海風中，也有雙親對沖繩的感觸。那霸市街角傳來的方言，讓我彷彿聽見雙親交談似的不禁回頭一望。

這種恍惚感覺令人怡然自適，我逐漸相信母親所說的沖繩和臺灣故事是事實。沖繩籍的外祖父曾遠赴俄羅斯，外祖母是舞臺演員，原本這些傳言充滿了謎團。親戚們曾談起這段往事，書籍中卻無相關記載。

我在沖繩之旅中緩緩追憶母親的話語，彷彿是零零碎碎的拼圖，起初無法順利拼湊，漸漸能依稀浮現全貌，留在相簿中的照片提供線索協助。這些兒時屢次翻閱的相簿，歷經多年之後，才讓我了解到，深陷戰爭悲劇下的沖繩，能保留這些古老相片是多麼彌足珍貴。

此後我與經營「壺屋」的大嶺良子女士結識，能與認識年輕家母的人物相識，真是令人驚奇。良子女士熟悉家母和外祖父，也認識我的畫家叔父，她生動描述他們的過往生活。我才終於能將沖繩、臺灣、甚至池袋蒙帕那斯等地串連起來。我考慮日後將這些事蹟記述下來，而與良子女士結識一事，正是成為我寫作的一大動力。

我開始認為，即使只是自己家族的故事，卻可藉此描繪近代沖繩與臺灣的一段場景和人物。我心意漸定，決心寫下這些故事。

於是展開了這趟旅行。

旅途中盡是令人驚奇的發現。首先是外祖母夏子，這位連母親也不熟悉的人物，當她清晰現身之時，我驚訝到了極點。在沖繩演藝史上不見其名的夏子，當我得知她是沖繩第一位女性舞臺演員時，情不自禁想告訴母親。從唯一發現的夏子訪談報導中，似乎聽見夏子的聲音。她不僅是我的外祖母，更顯現出大正初期沖繩女性的樣貌。她沒有因女伶演出而功成名就，卻是當時摸索自我生存方式的前衛女性。

關於這一點，我的母親雖然對夏子毫無印象，這對母女卻有相似之處。家母在廣播界未曾大放異采，卻是沖繩最初的女專業廣播員，這也是我日後發現的事情。我成為作家之後，包括外祖母和母親在內，我們祖孫三代皆在尋求自我歸屬地，這是最為相似之處。倘若我沒有選擇筆耕為職，南風原夏子或許就此埋沒於歷史中。

至於外祖父的事蹟也是驚奇重重。他的性格激躁，難稱為良善之輩，個性卻極為鮮明。出身沖繩的外祖父，他的人生軌跡可說特立獨行。在沖繩老家無人知曉他的名字曾出現在森鷗外日記中，但是當我接觸到記載時，眼前立刻浮現了年輕外祖父以沖繩人為榮的自豪身影。

外祖父在臺北最初建造的自宅兼醫院，至今依然留存。站在這棟屋宅前面，母親訴說的過往不斷、不斷朝我襲來。建築早已古朽，卻更能感受漫長歲月的流逝，讓我沉浸於

「幸好及時趕上」的感慨中。假若這棟建築物已消失，我的臺灣之旅將變得模糊不明。其實昔日的舊居會予人特別的感慨之情。

我對於身為畫家的叔父主要在池袋蒙帕那斯活動的事蹟，也感到十分驚訝。藤田嗣治遊訪沖繩時，我的叔父曾為他介紹當地風景，也結識涉入「佐爾格事件」的宮城與德，這些令人意想不到的人物競相登場。面對他們周遭接連現身的人物，我曾感到茫然不已。

我進而將視野擴展到這些人物的生存年代和地點，開始與形形色色的人物邂逅。社寮島的沖繩漁民、移居石垣島奠定農業基礎的臺灣人後裔、走私貿易時期的與那國島……。聆聽他們的話語，盡是驚奇發現。

我未曾預料到這趟旅程會有如許收穫。走在路上，聽見聲音來自四面八方，不禁信步朝某方而去，如此情況不斷反覆。念頭過於廣泛，甚至到了無法收拾的地步，唯有就此打住。我只能將旅程中的興奮之情如實描寫下來。

至於搜尋史料方面，我如果是專業研究者，就能更正確、縝密地善用資料，但是實際上只能一路跌跌撞撞摸索前進。我發現的史料來源主要是眾人皆可利用的圖書館，或許遺漏不少罕見資料，也是無可奈何的事情。我並非專門研究者，只認為藉由普遍管道來解讀家族史也很有意義。在此過程中，神明時而會賜予禮物。我曾望著圖書館書架，忽然留意到一本與我的主題看似無關的自費出版品，取來一讀才驚見外祖父的名字赫然出現其中，似乎書中有許多「聲音」在朝我呼喚。

這是一趟緊湊而充實的旅行，最初只是在椎名町的狹小長屋中聆聽母親講故事，最後促成愉快之旅。我憶起家母曾說年輕時遇見的臺灣算命師，預言她將生下第五個孩子。在我出生許久之前，或許就已註定日後將指引我去臺灣。

每次走在沖繩這片土地上，總會感覺風景不斷改變。

從我初次到沖繩旅行，至今已逾三十載，當地進行開發，道路逐漸拓寬，紅瓦屋愈來愈罕見，蒼翠的森林和美麗海濱漸漸消失。昔日與沖繩友人一起暢飲的店家、美味食堂也不見蹤影。三十年光陰就是如此，在我內心同樣與沖繩的歲月重疊。

這段歲月中，沖繩予人的印象大幅改變。昔日沖繩戰役的悲劇、美軍基地問題成為熱門話題，如今卻成為「療癒」之島。對於我這個在東京成長的沖繩人來說，會出現輕鬆愉悅的「沖繩潮」，簡直是難以想像之事。如今本土民眾對沖繩文化評價甚高，我感到十分歡喜，但另一方面，美軍基地依舊跋扈囂張，無法找到解決出口。

結束這趟臺灣與沖繩之旅後，我確信這兩座島嶼的土地上，蘊宿著廣博歷史和居民的生活百態。無論在任何時代，沖繩皆處於擺盪之中，人民唯有力圖生存。各式各樣的沖繩家族，紡出不同的重要故事。

雙親已長眠於沖繩的墓園中。何時當我生命結束，在彼岸重逢時，希望能將自己所知的這個家族故事告訴他們。我會繼續旅行，直到重逢之日來臨為止。

本書是以《Esquire》日文版自二〇〇一年九月號至二〇〇二年二月號連載的〈到美麗島〉為底本，略作增補後由文藝春秋出版單行本。文庫本則是以《Esquire》連載時的內容為基準，添補近年發現的史料並予以修正。刊載之時，在《Esquire》主編清水清先生勉勵之下，我獲得出外旅行的動力，得以持續撰寫，在此由衷表達謝意。編輯文庫本時，承蒙長嶋美穗子小姐盡心盡力，書中如願附上許多照片。此外還受到許多人士相助，實在感激不盡。我終於體會到「有緣人終會相遇」，在眾多力量支持下方能活在當下。

與那原　惠

二〇〇九年十二月

到美麗島年表

日本年號	西元	朝保	里里	
明治4	一八七一			宮古島島民乘坐的船隻漂流至臺灣，遭原住民殺害。
明治5	一八七二			明治新政府促請琉球入朝。
明治7	一八七四			出兵臺灣，死者五百名。決定琉球處分。
明治12	一八七九			沖繩縣誕生。
明治20	一八八七			清吏劉銘傳擔任首任臺灣巡撫。
明治24	一八九一			劉銘傳在任中，開通基隆至臺北鐵路。
明治26	一八九三	0		南風原朝保出生。比屋根ツル（夏子）出生。
明治27	一八九四	1		中日甲午戰爭開戰。

和曆	西曆	年齡		事項
明治28	一八九五	2		日本政府於甲午戰爭勝利後占領臺灣。森鷗外渡臺。
明治29	一八九六	3		臺灣航路開通。准許渡臺。
明治31	一八九八	5		後藤新平擔任臺灣民政長官。推行都市計畫。
明治33	一九〇〇	7		始建基隆港。
明治34	一九〇一	8		琉球王國末代國王尚泰薨逝於東京。
明治37	一九〇四	11		南風原朝光出生。
明治39	一九〇六	13		朝保的叔父屋我良行在尼古拉斯克設醫院開業。
明治40	一九〇七	14		在臺爆發抗爭運動「北埔事件」。
明治41	一九〇八	15		朝保就讀醫生教習所。樺山資紀在任期間開通臺灣縱貫鐵路。
明治43	一九一〇	17		古波藏保好出生。
大正1	一九一二	19		朝保前往東京，就讀日本醫科專門學校。臺灣發生抗爭運動「林杞埔事件」。

大正2	一九一三	20		成為醫學雜誌《日本之醫界》記者。與森鷗外結識。與那原良規出生。松井須磨子創設「藝術座」。
大正3	一九一四	21		第一次世界大戰開戰，日本出兵西伯利亞。
大正4	一九一五	22		朝保、夏子結婚。
大正5	一九一六	23		夏子參與藝術座《安娜．卡列尼娜》演出。朝保取得醫師執照。
大正6	一九一七	24	0	朝保前往俄羅斯。夏子名列藝術座第八回公演手冊。南風原里里出生於沖繩。
大正7	一九一八	25	1	朝保歸返沖繩。至宮古島行醫。
大正8	一九一九	26	2	夏子於夏季去世。朝保、朝光在冬季赴臺。臺灣總督府興建完成，朝保任職於臺北醫院。
大正9	一九二〇	27	3	朝光前往東京，立志成為畫家。
大正10	一九二一	28	4	比嘉春潮受警方追緝前往宮古島，與柳田國男結識。
大正11	一九二二	29	5	臺北市內街區名改為日式街町名稱。

大正13	一九二四	31	7	朝保開設南風原醫院。
大正14	一九二五	32	8	朝保長男千里出生。
昭和1	一九二六	33	9	朝保與光惠再婚。朝光就讀日本美術學校。
昭和2	一九二七	34	10	次男萬里出生。
昭和4	一九二九	36	12	朝光畢業，在那霸舉行雙人聯展。
昭和5	一九三〇	37	13	里里寄養在沖繩祖母家。臺灣發生「霧社事件」。朝光與仲本敏子結婚。
昭和6	一九三一	38	14	南風原醫院不僅成為文化沙龍，也成為政治、金飾情資交換的場所。臺灣農民在此時移民石垣島。日本廣播正式開播。池袋蒙帕那斯興建完成。
昭和7	一九三二	39	15	里里與良規相識。
昭和10	一九三五	42	18	里里返臺，就讀私立臺北女子高等學校，朝鮮李朝末代皇太子李垠視察臺灣。
昭和11	一九三六	43	19	臺灣皇民化方興未艾。推行改名運動等制度。

昭和13	一九三八	45	21	里里前往東京，擔任業餘廣播員在東京中央放送局參與演出，借居比嘉春潮宅。朝光陪藤田嗣治前往沖繩。朝光參展第一回臺灣美術展覽會獲得特選殊榮。
昭和14	一九三九	46	22	朝保取得醫學博士學位。
昭和15	一九四〇	47	23	臺灣刊行沖繩研究刊物《南島》。朝保、比嘉春潮擔任編輯顧問。川平朝申亦擔任編輯。良規前往東京。朝光入居池袋蒙帕那斯。
昭和16	一九四一	48	24	里里與良規結婚。宮城與德因佐爾格事件遭逮捕。
昭和17	一九四二	49	25	里里的長女出生。
昭和18	一九四三	50	26	宮城與德死於獄中。
昭和19	一九四四	51	27	里里與長女一起疏散至九州大分。10月那霸大空襲。
昭和20	一九四五	52	28	5月30日，臺北空襲，朝光疏散至熊本。
昭和21	一九四六	53	29	朝保於12月自臺灣撤離返回沖繩。里里的長男出生。
昭和22	一九四七	54	30	朝光前往東京。里里返回東京。伊波普猷在比嘉春潮宅去世。

昭和23	一九四八	55	31	火野葦平、朝光、山之口貘在池袋結識。與那國島的走私貿易自此盛極一時。
昭和26	一九五一	58	34	朝光返回沖繩。
昭和29	一九五四	61	37	火野葦平受邀至荷蘭邸餐宴，受朝光、朝保歡迎款待。
昭和32	一九五七	64	40	南風原朝保逝去。
昭和33	一九五八		41	與那原惠出生。
昭和36	一九六一		44	南風原朝光逝去。
昭和46	一九七一		54	與那原里里逝去。

主要參考文獻

沖繩大百科事典刊行事務局編，《沖繩大百科事典》，沖繩タイムス社，一九八三年
高良倉吉，《琉球王國》，岩波新書，一九九三年
——，《アジアのなかの琉球王國》，吉川弘文館，一九九八年
又吉盛清，《日本植民地下の臺灣と沖繩》，沖繩あき書房，一九九〇年
——，《臺灣　近い昔の旅》，凱風社，一九九六年
——，《臺灣支配と日本人》，同時代社，一九九四年
矢內原忠雄，《帝國主義下の臺灣》，岩波書店，一九二九年
若林正丈，《臺灣》，ちくま新書，二〇〇一年
伊藤潔，《臺灣》，中公新書，一九九三年
許世楷，《日本統治下の臺灣》，東京大學出版會，一九七二年

大江志乃夫、若林正丈等編，《岩波講座　近代日本と植民地》全八巻，岩波書店，一九九二―九三年
上村英明，《先住民族の「近代史」》，平凡社，二〇〇一年
臺灣總督府編，《臺灣事情》，臺灣總督府，一九三五年
金城正篤，〈臺灣事件（一八七一―七四）についての一考察〉，新里惠二編，《沖繩文化論叢　歷史編》第一卷，平凡社，一九七二
宮國文雄，《宮古島民臺灣遭難事件》，那霸出版社，一九九八年
坂內正，《鷗外最大的悲劇》，新潮選書，二〇〇一年
東喜望，《笹森儀助の軌跡》，法政大學出版社，二〇〇二年
竹中信子，《植民地臺灣の日本女性生活史》，全四卷，田畑書店，一九九五―二〇〇一年
洪郁如，《近代臺灣女性史》，勁草書房，二〇〇一年
小熊英二，《「日本人」の境界》，新曜社，一九九八年
――，《單一民族神話の起源》，新曜社，一九九五年
加藤祐三編，《アジアの都市と建築》，鹿島出版社，一九八六年
越澤明，《滿州國の首都計畫》，日本經濟評論社，一九八八年

青井哲人，《神社造營よりみた日本植民地の環境變容に關する研究》，京都大學博士論文，二〇〇〇年
藤森照信、汪坦監修，《全調查　東アジア近代の都市と建築》，筑摩書房，一九九六年
北岡伸一，《後藤新平》，中公新書，一九八八年
高橋泰隆，《日本植民地鐵道史論》，日本經濟評論社，一九九五年
小風秀雄，《帝國主義下の日本海運》，山川出版社，一九九五年
駒込武，《植民地帝國日本の文化統合》，岩波書店，一九九六年
矢野輝雄，《沖繩舞踊の歷史》，築地書館，一九八八年
——，《沖繩藝能史話》，榕樹社，一九九三年
古波藏保好，《料理沖繩物語》，作品社，一九八三年
南風原朝光遺作畫集刊行會，《南風原朝光遺作畫集》，一九六八年
平良市史編纂委員會編，《平良市史》，平良市教育委員會，一九七六—刊行中
古川竹二，《血液型と氣質》，三省堂，一九三二年
東京人類學會編，《日本民族》，岩波書店，一九三五年
富山一郎，《暴力の預感》，岩波書店，二〇〇二年

小葉田淳，《史林談叢》，臨川書店，一九九三年
與那國町史編纂委員會事務局編，《記錄寫真集　與那國：沈默の怒濤どぅなんの100年》，
　與那國町役場，一九九七年
林發，《沖繩パイン產業史》，沖繩パイン產業史刊行會，一九八四年
嵩田公民館記念誌編集委員會，《嵩田50年のあゆみ》，同編集委員會，一九九六年
放送文化研究所20世紀放送史編集室，《臺灣放送協會》，同編集室，一九九八年
山里永吉編，《松山王子尚順遺稿》，尚順遺稿刊行會，一九六九年
田中　聰，《名所探訪　地圖から消えた東京遺產》，祥傳社文庫，一九九九年
豐島區鄉土資料館編，《長崎アトリエ村史料》，豐島區教育委員會，一九八七年
宇佐美承，《池袋モンパルナス》，集英社，一九九〇年
小熊秀雄，《小熊秀雄全集》全五卷，創樹社，一九七七—七八年
野本一平，《宮城與德》，沖繩タイムス社，一九九七年
富澤　繁，《臺灣終戰祕史》，いずみ出版，一九八四年
近藤正己，《總力戰と臺灣》，刀水書房，一九九六年
丸川哲史，《臺灣、ポストコロニアルの身體》，青土社，二〇〇〇年

臺灣協會編，《臺灣引揚史》，臺灣協會，一九八二年
河原功監修，《臺灣引揚、留用記錄》全十卷，ゆまに書房，一九九七—九八年
石原昌家，《空白の沖繩社會史》，晚聲社，二〇〇〇年
大浦太郎，《密貿易島》，沖繩タイムス社，二〇〇二年
山之口貘，《山之口貘詩文集》，講談社文藝文庫，一九九九年
比嘉春潮，《沖繩の歲月》，中公新書，一九六九年
伊波普猷，《古琉球》，沖繩公論社，一九一一年
山里將人，《アンヤタサ！》，ニライ社，二〇〇一年
真喜志康忠，《沖繩芝居五〇年》，新報出版，一九八三年

〔雜誌〕

《新沖繩文學》，沖繩タイムス社
《青い海》，おきなわ出版

聯經文庫
到美麗島

2014年2月初版　　定價：新臺幣320元

著　　者	與那原惠
譯　　者	辛如意
發行人	林載爵

出版者	聯經出版事業股份有限公司	叢書編輯	陳逸達
地址	台北市基隆路一段180號4樓	特約編輯	吳菡
編輯部地址	台北市基隆路一段180號4樓	封面設計	許晉維
叢書主編電話	(02)87876242轉225		
台北聯經書房	台北市新生南路三段94號		
電話	(02)23620308		
台中分公司	台中市北區崇德路一段198號		
暨門市電話：	(04)22312023		
台中電子信箱	e-mail：linking2@ms42.hinet.net		
郵政劃撥帳戶第0100559-3號			
郵撥電話	(02)23620308		
印刷者	世和印製企業有限公司		
總經銷	聯合發行股份有限公司		
發行所	新北市新店區寶橋路235巷6弄6號2樓		
電話	(02)29178022		

行政院新聞局出版事業登記證局版臺業字第0130號

本書如有缺頁，破損，倒裝請寄回台北聯經書房更換。　ISBN 978-957-08-4346-0 (平裝)
聯經網址：www.linkingbooks.com.tw
電子信箱：linking@udngroup.com

國家圖書館出版品預行編目資料

到美麗島/與那原惠著．辛如意譯．初版．臺北市．
聯經．2014年2月（民103年）．320面．
14.8×21公分（聯經文庫）

ISBN 978-957-08-4346-0（平裝）

857.85 103000833